13 КРАТКИ ИСТОРИИ

Cathy McGough

Stratford Living Publishing

КАКВО КАЗВАТ ЧИТАТЕЛИТЕ...

Вино DANDELION

U.S.

„Вино от глухарчета" е хубава история, макар че епилогът ме накара да се почувствам малко тъжна от това как се променят нещата. Беше хубаво да посетим за кратко едно време, когато нещата са били различни.

„Кратка, сладка история по пътеката на спомените към един обикновен живот в един идиличен летен ден."

НАЙ-СВЕТЛАТА ЗВЕЗДА

„Любовта никога не се проваля. Изпълненият с любов живот на Линда и Уилям е обобщен в тази кратка история. Една история за разочарования и борба, докато се държи на любовта през всичко това."

ОТКРОВЕНИЕ НА МАРГАРЕТ

Канада

„Започнах да чета тази новела в рамките на няколко минути, след като я купих, и щом започнах, трябваше да я довърша. Тази история наистина ми хареса. Беше добре написана и нямаше как да не съчувстваш на главния герой. А изненадата в края ме накара да си пусна челюстта.“

ЧАДЪРЪТ И ВЯТЪРЪТ

САЩ

„Научнофантастична литература в най-модерния си и актуален вид. Кратко и добро четиво.“

„Авторът заплита въображаема научнофантастична история, в която се раздвижват опасен вятър, летящ чадър, въртяща се зелена бутилка и др. Кратък разказ с бързо действие.“

Индия

„Какво вълнуващо пътешествие! Потокът е свръхбърз, а писането последователно и гладко. По някакъв начин ми напомни за Джеръм К Джеръм и „Трима мъже в лодка“.“

ВЕЛИКОБРИТАНИЯ

„Майката на лошите уикенди се среща с извънземното. Написана със сухо остроумие, това е бизантична история, включваща извънземен масивен зелен обект, чадъри и оръжия. Изключително изобретателна, ако не и откачена, история, която ще ви накара да се завладеете до последната страница. Пълна оценка за творческо въображение, Кати Макгоф. Може да ви накара да се смеете с глас и да разлеете кафето си.“

DARRYL И МЕН

САЩ

„Страховито. Кратка сладко-горчива история за трагедията на една жена и опита ѝ да се справи с нея, докато е бременна.“

ВЕЛИКОБРИТАНИЯ

„Страхотна история. Отлични емоции. Наистина съчувствах на Кат и Дарил.“

СМЪРТ ЖЕЛАНИЕ

САЩ

„Прочетох я за половин час снощи, след като си легнах. Стана ми тъжно за този мъж, който смята, че животът му е безсмислен. Макгоф отвежда читателя до самия ръб и дори когато той е преминал точката, от която няма връщане назад, нямаш представа как ще свършат нещата. Страхотна история, която да прочетете по време на обяд или кафе пауза.“

„Хареса ми креативността на Кати Макгоф, която е създала кратка новела от 20 страници със страхотно преживяване, което променя живота на един мъж, който не е успял да намери целта на живота си.“

„Имах тази книга в Kindle от известно време, но когато най-накрая реших да я прочета, не я оставих, докато не я завърших. Въпреки че е много кратко четиво, сюжетът и героите са напълно развити. Много ми хареса.“

„Чете се като епизод от „Приказки от криптата“ или „Зоната на здрача“.“

„Хареса ми и докато четях, все си задавах въпроса ЗАЩО? Когато разбрах, се ужасих, подобни неща са най-големият ми кошмар.“

САЩ И ВЕЛИКОБРИТАНИЯ

„Авторът умело използва вътрешния монолог на героя, за да разкрие живота му и решението, с което се бори. Завладя ме до самия край. Тази умело разказана история е много увлекателно четиво и аз горещо я препоръчвам.“

СЪДЪРЖАНИЕ

ДЕДИКАЦИЯ

ЗА ДИАНА

ПРЕДГОВОР

Уважаеми читатели,

Този сборник с кратки разкази включва шест от любимите ми разкази и седем нови, които написах по време на пандемията.

Казват „вън със старото и вътре с новото", но аз казвам, че трябва да погледнем цялата картина.

Приятно четене!

Cathy

ВИНО DANDELION

Б еше 1967 г. и лятото почти беше свършило, когато потеглих с разнебитеното си червено возило по един чакълест задънен път. Трополенето на колелата на каруцата беше познат звук за хората по нашия маршрут.

„Хубав ден за разходка“, казвах аз.

„Със сигурност е. А сега ти пожелавам хубав ден“, отговаряха те.

Ако аз и моята приятелка Сандра имахме късмет, щяха да ни донесат ледена вода, кола или лимонада. Въпреки че не живеехме наблизо, повечето от нас се отнасяха любезно към нас. Повечето, но не всички собственици на жилища.

„Не бъди досадник“, винаги ми казваше татко и аз не бях такъв. Винаги се грижех за собствения си бизнес. Не се занимавах с нищо и не се опитвах да привличам вниманието към себе си. Можех ли да помогна, ако скърцащите колела скърцаха?

Бях момиче с цел, така че нямаше значение, че ръцете ме боляха, въпреки че ми се искаше да растат по-бързо. Нямаше значение, че количката се преобърна в някоя дупка или че се търкулна в канавката.

И все пак, лудата жена в една от къщите беше в ума ми. Страхувах се да минавам сама покрай къщата ѝ.

При други посещения тя ни крещеше, че не правим нищо. Или ни псуваше. Веднъж дори изпрати кучето си навън, което пускаше слюнки и лаеше. Кучето пазеше пътя, сякаш беше част от нейната собственост. Погледнах нагоре към покрива, където старото канадско знаме се вееше от вятъра. Някои казваха, че тя отказвала да развява новото знаме с големия кленов лист. Тя и кучето ѝ ме накараха да изтръпна.

Дъхът ми се учести, когато се приближих до страшната къща. Тъй като това беше задънена улица, нямах друг избор, освен да мина. Спрях и се огледах, за да видя дали Сандра идва. Все още нямаше и следа от нея.

Тогава си спомних, че в джоба ми е късметлийското краче на баба. То ми даде кураж. Придърпах каруцата с двете си ръце и забързах напред.

Знаех, че старата лейди Макгиър е там. Не беше нужно да я виждам. Можех да я усетя. В къщата вляво, зад завесите. Гледаше ме с лошо око. Тя мразеше децата, всички деца.

Няколко къщи по-късно едва не се спънах в шнурчето на обувката си. Подпрях се на возилото, преди да приклекна, за да я върна. Докато го правех, погледнах назад през рамо и видях как завесите потрепват. Сега това нямаше значение. Бях извън обсега на злите ѝ очи.

„Ей, почакай! Чакай горе!" - гласът на приятелката ми съпровождаше сандалите ѝ, които се свързваха с каменистия път. Най-накрая най-добрата ми приятелка се справи. Сандра винаги закъсняваше за всичко.

Обърнах се в нейна посока и я гледах как тича покрай къщата на старата лейди Макгиър. Беше издъхнала, когато стигна до мен. Паднахме в прегръдките си. И двамата бяхме стигнали благополучно до жилището на старата вещица.

„Крайно време е!" Казах малко нетърпеливо, когато се разделихме.

„Съжалявам, имах задължения, а мама беше решила да ми изруси косата. Тя каза, че съм бил обществен позор!"

„Роклята ти е хубава - казах аз, като обърнах внимание на плисетата и панделките, украсяващи двата предни джоба. Беше красива и напълно неподходяща за бране на плодове.

Сандра хвана с едната си ръка половината от дръжката на вагона, а с другата притисна предната част на роклята. „Мразя розовото - каза тя.

Ръката ѝ до моята пасна идеално и успяхме да издърпаме количката една до друга с лекота.

„Мама ме накара да обещая, че по пътя към вкъщи ще спра в магазина на ъгъла и ще купя един хляб". Тя бръкна в джоба си: „Виждаш ли, тя ми даде двадесет и четири цента плюс една петачка, за да си разделим един бананов сладолед."

„О, това е нещо, което трябва да очакваме с нетърпение.“ Бананът беше любимият ни вкус.

Продължихме да вървим. Някъде зад нас лаеше куче.

„За да получа парите за пуканките, трябваше да облека тази глупава рокля“.

„Не е глупава“ - излъгах аз и ми се искаше да имам собствена хубава рокля, която да нося в ден, който не е църковен. С двама братя, една сестра и още едно бебе на път, не беше вероятно скоро да се сдобия с нова рокля.

Сандра прошепна: „Видяхте ли я?“ Знаех, че има предвид старата лейди Макгиър. „Усети ли злия ѝ поглед върху себе си днес?“

„Не, защото си кръстосах пръстите и очите.“ Излъгах.

„Добра мисъл.“ Тя прехвърли по-голямата част от тежестта на своя страна и попита: “Искаш ли да поема и да тегля за малко?“

„Не, може да си изцапаш роклята“. Сандра се ухили. „Заедно е по-забавно“, казах аз, докато се разхождахме покрай къщата на господин Холидей, а след това и покрай къщата на господин и госпожа Видра.

Почти стигнахме до целта си и млъкнахме. Като най-добри приятели не трябваше да си говорим през цялото време. Целта на пътуването ни беше обща и зависеше от храстите *черен касис на мис Вирджиния Мартин. Ако имаше много касис, тя можеше да ни позволи да си вземем част от него. Ако реколтата беше оскъдна, пътуването ни отново щеше да е напразно.

„Нямам търпение да видя колко много плодове има“, казах аз.

„Имам чувството, че ще имаме късмет“, каза Сандра.

Спряхме и разгледахме къщата на мис Вирджиния. Градината отпред винаги беше безупречна, сякаш вятърът знаеше, че трябва постоянно да издухва боклуците и листата, за да не развалят хубавата ѝ морава.

От малка винаги търсех приятелски настроени лица в къщите. Мама казваше, че това е навик, от който ще израсна с времето.

Къщата на мис Вирджиния имаше необичайно, но любезно лице с две кръгли прозорчета в горната част. Когато щорите бяха дръпнати наполовина или докрай, те приличаха на клепачи. Тази особеност се различаваше от всички други къщи, които бях виждала.

Между очите растеше нос. Нос, направен от тухли. Разликата беше, че тези тухли бяха изправени, докато останалите тухли бяха настрани. Побиха ме тръпки, сякаш строителят е знаел, че прави носа специално за мен. Знам, че сигурно звучи глупаво.

След това преминах към устата долу, която беше оформена от двойните врати. Витражът в горната част я правеше да прилича на редица зъби с брекети.

Обичах да стоя и да гледам къщата, защото тя беше и място, където природата процъфтяваше. Смеех се, като си спомнях как диво растящият бръшлян понякога правеше къщата да изглежда така, сякаш има мустаци или брада.

Забелязах, че Сандра си припяваше „Пени Лейн“. Тя винаги си напяваше, когато й беше скучно. „Бийтълс“ бяха добре, но аз предпочитах „Стоунс“.

Сандра отметна русата коса от лицето си, а мухите бръмчаха около нея, сякаш потта й беше покана за роене.

Освободих хватката си за вагона и се изправих на пръсти, за да видя през оградата. Надявах се този път да съм достатъчно висок, но нямах късмет. Сандра опита, тъй като беше малко по-висока, но и тя не можа да види отвъд. Аз държах каруцата стабилно, а Сандра се качи и се опита да види над нея, но и това не помогна.

„Мисля, че е по-добре просто да отидем там и да попитаме - каза Сандра.

„Справедливо.“

Закарахме каруцата на моравата пред къщата на мис Вирджиния и я паркирахме, след което се разходихме по дългата алея, която беше осеяна с цветя. Слънчогледите кимнаха с глави, покланяйки ни се, сякаш бяхме кралски особи, минаващи сред тях. Няколко глухарчета се бореха в сянката на братовчедите си.

„Помниш ли как баща ми ни даде да опитаме виното от глухарчета, което направи?“

„Това беше най-ужасното нещо, което някога съм опитвала“ - каза Сандра.

„Знам, но все пак не трябваше да го изплюваш.“ Засмяхме се, като си спомнихме как виното се разплиска по цялата риза на татко. „Татко си помисли, че си била много груба.“

„Не исках да бъда.“ Тя погледна към краката си. „Ей, знаеш ли какво? Можем да поискаме слънчогледи и да ги продадем.“

„Те са хубави, но нека се придържаме към плана. Госпожа Смит каза, че ще ни плати две четвъртинки (петдесет цента) за толкова касис, колкото можем да пренесем, така че вече имаме купувач. Не познаваме никого, който да иска слънчоглед.“

„Просто си помислих, че някой може да иска семената. Но добре.“

Погледнах приятеля си и реших да не казвам нищо повече по въпроса.

В дъното на стълбите събрахме мислите си. От опит знаехме, че е важно не какво казваме, а как го казваме.

Последния път се провалихме, и то с гръм и трясък. Мис Вирджиния каза, че касисът още не е готов. Тя каза колко е развълнувана, че ще създаде нови рецепти за Годишния есенен панаир.

Мис Вирджиния беше известна в нашия окръг, тъй като беше печелила многобройни златни медали за рецепти, свързани с касис. Снимката ѝ често се появяваше в местния вестник, понякога дори на първа страница.

И така, да запази плодовете за себе си беше нейно право, но светът се занимаваше със споделяне. Надявахме се да я убедим да ни отдели част от касиса.

При това посещение разочарованието сигурно се беше изписало по лицата ни, защото вместо това госпожа Вирджиния ни покани да ѝ помогнем да бере ябълки и круши. Тя предложи да ни плати по десет цента, но това не беше достатъчно, за да получим това, което искахме. Благодарихме ѝ за любезното и щедро предложение, но отказахме.

„Ами ако тя откаже?“ попита Сандра, като се превиваше от поглед в очите ми.

Протегнах ръка и докоснах дългите руси кичури на приятелката ми, а после леко дръпнах кичура. „Хайде, да разберем.“

Сандра започна да бяга, но аз я хванах навреме и изрекох думите „ДЕКОРУМ“, на което Сандра отговори: „А?“. „Намали скоростта“, прошепнах аз. „Не забравяй, че сме млади дами.“

Захилихме се. Сандра отново изглади предната част на роклята си.

Извадих ръцете си от джобовете и посегнах към ключалката. Още преди да го докосна, мис Вирджиния отвори вратата. Тя се усмихваше не само с уста, но и с очи. Беше щастлива да ни види, а това беше добър знак.

„Кого имаме тук в тази прекрасна сутрин?“ - попита тя, като знаеше много добре кого има там, защото Сандра и аз се връщахме през цялото лято. Бяхме се качвали на верандата ѝ повече от дузина пъти, за да питаме за касиса.

„Това сме ние, аз и Сандра“, казах аз и двете направихме реверанс. Това беше най-добрият ни опит за реверанс, макар че истинската английска кралица може би не би си помислила така. Мис Вирджиния аплодира.

„Добре, добре - каза мис Вирджиния, докато ни гледаше нагоре-надолу. Сандра в красивата си розова рокля, а аз в гащеризона си. „Не изглеждате ли и двамата...“ Тя се поколеба. „Момичета, вие ми напомняте на...“ Тя спря, а думите и изражението на лицето ѝ бяха застинали. Очите ѝ станаха тъжни, но само за секунда. Тя се усмихна. „Вие двете приличате на картина, всъщност бих искала да ви снимам, ако нямате нищо против?“

Промяната на изражението ѝ от щастливо към тъжно и отново към щастливо ме накара да се почувствам зле в стомаха. Погледнах към Сандра и се съгласихме. Мис Вирджиния ни покани да влезем вътре и да изчакаме, докато тя подготви фотоапарата. В другата стая чухме как тя отваря и затваря чекмеджета.

„Притеснявам се за вагона - прошепна Сандра.

Аз се подкрепих и погледнах през прозореца. „Всичко е наред.“ След това не спирах да наблюдавам вагона, тъй като не исках той отново да изчезне.

Като онзи път, когато влязохме вътре за чаша лимонада. Когато излязохме отново, то вече го нямаше. Вървяхме и вървяхме, опитвайки се да го намерим, но от вагончето нямаше и следа.

Сандра и аз се прибрахме вкъщи. Бях ужасно разстроена, плачех като бебе. Вагонът означаваше много за мен, пищящите колела и всичко останало. Беше коледен подарък от баба и дядо.

Родителите ни и приятелите ни търсеха, докато светнаха уличните лампи. На следващия ден пуснахме обява в

„Изгубени и намерени“. Беше намерена извън гористия район, преобърната в полето на един фермер.

Ние със Сандра знаехме кой я е поставил там. Разбира се, че беше старата лейди Макгиър, но нямахме доказателства. Татко казваше, че никога не трябва да обвиняваш никого в нещо без доказателства, но ние я бяхме виждали да ни гледа с лошото си око.

Точно тогава мис Вирджиния се върна, носейки един Kodak Instamatic. Бях видял реклама за него в татковия брой на списание Life. 104 беше истинска находка.

„Съберете се сега, момичета.“

„Няма ли навън да е по-светло?“ Аз попитах.

Тя се усмихна и отвори входната врата.

Зачакахме на верандата, като се опитвахме да не се суетим прекалено, докато мис Вирджиния реши къде да застанем, за да получим най-добрата светлина.

Облегнах се на стената на верандата, опитвайки се да зърна храстите касис, но не беше добре.

„Хм - каза мис Вирджиния, - защо не отидем в градината? С всичко, което цъфти, можем да направим чудесни снимки.“

Сандра и аз се усмихнахме.

Спуснахме се по стълбите. Сандра стигна до дъното с един бърз скок за мое съжаление. Мис Вирджиния изглежда нямаше нищо против. Разхождахме се след нея, като се вслушвахме във всяка дума. „Тук расте магданозът, а тук са моите домати. Колко високи са станали тази година. Няма нищо по-хубаво от пресен доматен сос. А тук е моята нива с глухарчета. От тях правя вино от глухарчета.“

Сандра изтръпна и направи физиономия.

Мис Вирджиния сякаш не забеляза това. „А тук е моята леха с касис, но разбира се, момичетата вече я знаете.“

Опитах се да не изглеждам прекалено развълнувана и хвърлих поглед назад през рамо към каруцата, преценявайки колко можем да пренесем с едно пътуване. Искаше ми се да го бях взела с нас в градината.

Усетих как ръката на Сандра се допира до моята. Забелязах, че устата ѝ виси широко отворена, докато се взира в касиса. Приличаше на куче, което чака вечерята си.

„Бих я затворила, млада дамо - възкликна мис Вирджиния, - освен ако не искате да хванете няколко мухи“.

Сандра скри устата си зад ръката си.

Мис Вирджиния се засмя почти хихикащо, докато гледахме цъфналите храсти касис. Плодовете висяха там, готови да бъдат откъснати. Много и много касис. Бяхме толкова развълнувани, че нададохме писък.

„Първо снимките - напомни ни мис Вирджиния. Мис Вирджиния се опита да намери възможно най-добрия ъгъл, като се има предвид, че дърветата се протягаха на слънчевата светлина, създавайки сенки.

Осъзнах, че при толкова много касис, готов за бране, мис Вирджиния ще има нужда от нашата помощ и ще трябва да ни предложи повече пари, отколкото когато ни помоли да берем ябълките и крушите. При ябълките и крушите бяхме ограничени до това, което можехме да достигнем. При храстите с касис можехме да се разхождаме и да берем всяко едно касисче.

„Можем ли да си наберем сега?“ Сандра попита.

Поклатих глава с надеждата, че не е провалила шансовете ни.

„Бих искала снимка с храстите касис зад вас. Внимавайте сега, не ги мачкайте и не откъсвайте плодчетата и за Бога, не яжте нищо преди снимката, защото ръцете и устата ви ще бъдат изцапани. О, току-що се сетих. А сега, момичета, изчакайте тук, докато вляза за малко вътре.“

Сами, разположени пред касиса, те сякаш ни викаха по име. Ние се размърдахме. Чакахме. Опитвахме се да не слушаме шепота на касисовите храсти. Те ни поканиха да си изберем един. Да опитаме.

„Това е лудост“, каза Сандра. Тя разтвори и сви юмруци. Обърна се с лице към храстите с касис.

Аз също се обърнах. „Съгласна съм. Но ако изчакаме касиса, ще изкараме достатъчно пари, като го продадем за един следобед“.

„Точно така“, каза Сандра, докато оглеждаше гроздовете с плодове. „Но аз трябва да си взема един“.

„Недей“, казах аз.

„Но тя никога няма да разбере!“

„Добре, нека изберем един плод.“

„Но те са толкова малки.“

Сандра си избра една и аз също. Пъхнах я в устата си и сладкото и киселото ме накараха да искам още една. И още една. Грабнахме по една шепа и ги хвърлихме в устата си. Сокът от касис покри езика ми.

Мис Вирджиния се върна в градината.

Сигурно сме изглеждали доста зрелищно. Сандра с размазан сок по лицето и роклята си. Аз криех ръцете си в джобовете.

Мис Вирджиния не ни се разсърди. Вместо това каза: „О, Боже, вижте хубавата си рокля.“ Тя поклати глава. Отдръпна се. „Това е всичко за днес, момичета. А сега вие си вървете вкъщи.“

„Но мис Вирджиния. Какво ще кажете за касиса?“

„Да“, каза Сандра, „съжаляваме, че не изчакахме, но те ни викаха“.

Мис Вирджиния се засмя. „Спомням си, когато те викаха мен и сестрите ми.“

Тя отново стана тъжна и стомахът ми направи онова смешно нещо. „Ами снимките?“

Мис Вирджиния ни помоли да заемем местата си и каза: „Кажете сирене“. След няколко снимки тя попита: „Защо изобщо вие двамата толкова се интересувате от касиса ми?“.

Сандра прошепна в ухото ми и ние се съгласихме да ѝ разкажем всичко.

„Госпожо Вирджиния, искаме да спечелим достатъчно пари, за да си разменим гривни за приятелство. Видяхме ги на пазара, а те струват по четвърт стотинка за бройка - каза Сандра.

„Госпожата на пазара ги прави сама. Тя каза, че можем да направим церемония за приятелство и тогава ще бъдем най-добри приятели за цял живот".

Мис Вирджиния отначало не проговори. Вместо това тя се запъти навън през портата и ние я последвахме. Тя се спря и докосна лицата на слънчогледите, сякаш цветята бяха стари приятели. Изглеждаше потънала в мисли.

Зачудих се дали не искаме твърде много, а предлагаме твърде малко в замяна.

„Елате с мен - каза мис Вирджиния и започна да бере глухарчета. Когато ръцете ѝ се напълниха, тя подаде няколко на Сандра, откъсна още и ги подаде на мен. Все още не беше свършила, но събра още и ги прибра в предната част на роклята си. Седна и направи купчинка от събраните от нея. Помоли ни да съчетаем нашите цветя с нейните. Ние също седнахме, Сандра от едната страна, а аз от другата.

Мис Вирджиния взе едно цвете, после друго. Гледахме как тя вкарва нокътя си в стъблата и пуска млякото на глухарчето да потече. Въпреки че пръстите ѝ станаха лепкави, тя продължи да ги нанизва, създавайки вързоп от глухарчета. Тя завърши една нишка и започна друга.

„Виждате ли тази млечна субстанция?" Мис Вирджиния я попита. Кимнахме с глава. „Какво мислите, че е това?"

„Кръв ли е?" Сандра попита.

Аз също се чудех за това, но не исках да го кажа, защото никога преди не бях чувала за бяла кръв. Не се осмелих да гадая и вместо това свих рамене.

„Момичета, чували ли сте за латекс?“

Поклатихме глави.

„Използват го, за да правят каучук.“

„Имаш предвид като моята гумена топка от Индия?“

„Тя отскача много високо!“ Сандра каза.

„Да, момичета, имате го. Ето защо е толкова лепкава.“ Тя продължи да нанизва цветята едно върху друго. „Ние със сестрите ми ги правехме, когато бяхме на вашите години“.

„Какво стана с тях, имам предвид сестрите ти?“ Сандра попита.

„Те са в рая“, каза тя, докато започваше третия цветен низ.

„Поне са заедно.“

Мис Вирджиния ме потупа по ръката. „Ти си много зряла за възрастта си, нали? Казахте ли, че току-що сте навършили седем години?“

„Казах.“

„А ти, Сандра?“

„Аз също съм на седем.“

Госпожица Вирджиния се загледа в небето и за няколко мига наблюдавахме облаците, които плуваха над нас.

„Този прилича на мечка“, казах аз и посочих нагоре.

„А този прилича на голяма капка нищо“ - каза Сандра.

Засмяхме се. Мис Вирджиния имаше прекрасен смях. „А сега кой е първи?“ - попита тя и тъй като бях най-близо до нея, ме хвана за ръката. Тя постави наниза от цветя около китката ми и затвори кръга: това беше гривна. Направи същото и на китката на Сандра, а след това затвори третата около своята.

„Ах - каза мис Вирджиния, като забеляза, че са ѝ останали доста глухарчета. Тя започна да ги нанизва, докато не ѝ остана нито едно. Тя се изправи. Ние също се изправихме.

Мис Вирджиния постави наниза от цветя на главата на Сандра. „Това се нарича гирлянд - каза тя. „Искаш ли и ти да имаш такъв?"

„Не, благодаря ви", казах аз.

„Мога да ти направя красива огърлица?"

Погледнах към краката си. „Не бих искала да използвам всички глухарчета. Те ти трябват за вино."

Сандра премрежи очи и изплези език.

Мис Вирджиния не обърна внимание на изкривяването на лицето на Сандра.

„О, това не е никакъв проблем - каза мис Вирджиния, - все още имам малко останали от миналата година" и започна да бере. Ние се присъединихме и с общата работа на трите, не след дълго вече носех красиво слънчево безконечие. Когато се въртях, то също се въртеше.

Доволни от украшенията си, Сандра и аз не бързахме да си тръгваме и прекарахме следобеда в дърпане на плевели и подреждане на градината.

Когато наближи времето за вечеря, казахме, че трябва да си вървим.

„Изчакайте тук само за миг - каза мис Вирджиния. Тя се върна с кърпа, купа с вода и джобната си книжка. „Мога ли?

Когато Сандра кимна, мис Вирджиния потопи кърпата във водата и вдигна петното от роклята на Сандра. „Ще изсъхне, докато се прибираш вкъщи.“ Тя използва кърпата за миене на ръцете и лицата ни.

„Благодаря ви“, казахме ние.

„О, и още нещо“, тя посегна към джобната си книжка и ни подаде две четвъртинки.

Все пак можехме да си купим гривни за приятелство!

Без да се колебаем или да се консултираме, с благодарност отказахме.

Мис Вирджиния сякаш нямаше нищо против. „Ще се видим догодина“ - каза тя, преди да затвори входната врата.

Потеглихме празната каруца по неравния път, като внимателно държахме дръжката, за да не повредим гривните си.

„Може би догодина?“ Сандра попита.

„Да, може би догодина“, отговорих аз. „А сега да отидем да вземем този хляб.“

Сандра бръкна в джоба си. Дрънкаше с дребни пари. „Не забравяй банановия сладолед.“

Пристигайки до магазина на ъгъла, ние пуснахме дръжката и се втурнахме вътре, без да мислим за старата дама Макгиър.

ЕПИЛОГ

Върнах се на тази улица със сина си тийнейджър четиридесет и седем години по-късно и както можете да си представите, много неща се бяха променили. Някои от тях за добро, а други не.

Улицата вече не беше задънена. Беше изцяло асфалтирана и разширена, така че вече нямаше канавки. Повечето от къщите бяха преустроени с дървени и алуминиеви облицовки. Няколко от тях бяха със сателитни чинии.

Сега, когато улицата беше отворена, нов път, много къщи, клетъчна кула и хидросъоръжение запълваха пространството.

Къщата на мис Вирджиния беше съборена и превърната в блокове. Задната част на градината беше асфалтирана и превърната в паркинг.

Къщата на старата лейди Макгуайър изглежда почти по същия начин, въпреки че завесите са заменени с калифорнийски щори.

Със Сандра тръгнахме по различни пътища, когато семейството ѝ се премести на север. Тя се върна у дома през 1975 г. и отидохме да гледаме филма „ Челюсти“. След това загубихме връзка.

Червеното ми возило беше предадено на братята ми и на сестрите ми, а след това на братовчедите ми. Ако можеше да говори, щеше да разкаже много прекрасни истории.

Самото споменаване на касис все още ме връща към лятото на 67-ма година.

НАЙ-ЯРКАТА ЗВЕЗДА

Беше късно вечерта и една млада двойка стоеше под покривалото на нощното небе. Зад тях стена от ароматни вечнозелени дървета пазеше границите.

Под пълната луна Уилям и Линда се бяха приземили, държейки се за ръце, въпреки че очите и душите им бяха погълнати от звездите.

Среднощното небе простираше широко разтворените си ръце над тях. В прегръдката на тъмната нощ те бавно танцуваха на избрания репертоар на Северния присмехулник, докато звездите и светулките се бореха за внимание.

Двойката се чувстваше така, сякаш са единствените две живи същества, останали на земята. Заедно бяха на ръба на света, гледаха, слушаха, омъжени за небето и след като присмехулникът отлетя, за стимулиращите звуци на тишината.

Докато една самотна звезда не изгря, точно пред тях, привличайки вниманието към себе си. Падаща звезда. Падаща. Проправяща си път през небето. Сипеща се, вътре в невидим електрически ток, ускоряваща се, падаща.

„Слушайте, чухте ли това?“ Уилям попита.

„Да, звучеше като ангели, които пляскат с криле“, отговори Линда.

Те наблюдаваха как то напредва, променя курса си и изчезва зад един облак. Преживяването да го видят, да го споделят, накара двойката да се почувства като част от нещо по-голямо от битието, нещо неземно.

Всички ние сме родени от звезден прах. Свързани завинаги, както живите, така и мъртвите.

Когато звездата вече не се виждаше, двойката седна заедно и зачака да се случи нещо друго. Никой от двамата не говореше, защото задържаха спомена, смесвайки чувства и усещания. Запечатваха момента в съзнанието си завинаги.

Линда и Уилям знаеха едно нещо със сигурност - природата беше ключът. В дните, когато всичко изглеждаше невъзможно, когато животът беше немислим - духовната връзка със стихиите ги лекуваше. Даваше им надежда и извисяваше сърцата, умовете и телата им.

„Пожелахте ли си нещо?“ Линда попита, докато ято канадски гълъби си проправяше път през небето.

„Не, вече те имам - отвърна Уилям, докато събираше Линда в прегръдките си. Младата двойка продължи да гледа към небето, докато гъските вече не се виждаха и не се чуваха.

Линда и Уилям бяха преживели толкова много заедно и въпреки това за всеки от тях другият беше достатъчен.

„Знаеш ли, мога да седя тук с теб, Уилям, цяла вечност и да оставя света да си отива. Нямам чувството, че пропускам нещо, а и ми харесва, когато светът е тих и сякаш двамата с теб сме изоставени на собствен остров."

Уилям я прегърна още по-силно и сега Линда седеше удобно в скута му.

Когато се хванаха за ръце, в далечината се разнесе сирена. Тя за момент нахлу в малкия им свят, докато Уилям не започна с шепнещ глас да рецитира любимото си стихотворение на Уолт Уитман:

„Когато чух учения астроном, Когато доказателствата, цифрите, бяха подредени в колони пред мен, Когато ми показаха диаграмите и схемите, да ги събирам, деля и измервам, Когато разбъркано чух астронома, където той изнесе лекция с много аплодисменти в лекционната залаКак скоро необяснимо се уморих и разболяхТогава, станал и изплъзнал се навън, аз се скитах самВ мистичния влажен нощен въздух и от време на време, Поглеждах в пълна тишина звездите." *

В далечината се разнесе писък на сирена, който прекъсна момента. Последвана от друга и трета. Ехото разкъсваше спокойствието, но само за миг, както звездата. Една крещяща, една горяща. И двамата имаха нужда да стигнат някъде - бързо. Първият - грозен, суров звук, звук, означаващ опасност и хаос.

Друг човек се нуждаеше от помощ, незабавно. Вторият - звезда, красиви ангелски криле, които се размахват, умирайки. Край.

Такъв е животът и такава е смъртта. Всички свършваме по един и същи начин, независимо колко крещим и колко се опитваме да се отличим, да бъдем полезни.

Двойката остана да седи, напълно изгубена в момента. Споделяха всеки дъх, докато нощта се разгръщаше около тях. Щурците чуруликаха, а комарите бръмчаха. Дърветата стенеха, изразявайки възмущението си от вятъра за това, че ги е събудил преждевременно.

Линда си спомни деня, в който срещна Уилям за първи път. Ин беше в гимназията, а те бяха на шестнадесет години. Линда беше новото дете, от семейство на военни, които постоянно се местеха. Въпреки това тя никога не е имала проблеми да се впише или да си намери приятели, защото беше мила и красива и хората я привличаха. Още първия ден, в който видя Уилям на футболното игрище, тя разбра, че той е единственият за нея. Той я погледна, усмихна се и малко по-късно я покани на среща. Съвсем скоро двамата бяха влюбени, любими от гимназията. Предназначени да бъдат заедно завинаги.

Уилям беше единствено дете и първата му любов беше спортът. Надяваше се, че след като завърши, ще получи безплатна футболна стипендия в един от най-добрите университети. Когато не тренираше, той играеше. Не беше ученолюбив, далеч от това, но се възхищаваше на взискателната работа и беше отличен съдник на характера. Един ден той забеляза Линда, която се мъчеше да отвори ключалката на шкафчето си. Предложи да ѝ помогне, но тя се отвори в момента, в който я помоли. След този ден му се искаше да я покани на среща, но не го направи до деня, в който си размениха погледи на футболното игрище. Когато тя му се усмихна, той разбра, че тя е единствената.

Уви, кариерните им пътища ги отведоха в различни посоки. И двамата се сбогуваха със сълзи на очи. И двамата обещаха да се прибират у дома всеки уикенд и да поддържат връзка всеки ден. Отначало си пишеха и се обаждаха всеки ден, после станаха всеки ден, а след това всяка седмица. Това обаче беше нормално, защото те все още се прибираха у дома всеки уикенд, за да се видят и да бъдат заедно. Раздялата и повторното събиране ги направиха по-силни и по-свързани.

Тогава се случи нещо, но никой от двамата не знаеше какво е то. Може би бяха твърде заети, а може би раздялата се превърна в нова норма.

Жадувайки за компанията на другия, но без да могат да я получат, те започнаха да се срещат с други хора. Съгласиха се да се срещат с други хора, за да изпробват водата, така да се каже.

Уилям се срещаше веднъж или два пъти, но без значение с кого се виждаше, мислеше само за Линда. Чудеше се какво прави тя и с кого е. Опитваше се да не му пука, когато хората говореха за нея или я виждаха на среща, но му пукаше - обичаше я - тя беше всичко за него - но ако тя беше щастлива, той беше достатъчно мъж, за да се отдръпне и да ѝ даде време да разбере това, което вече знаеше.

Линда също се срещаше, беше зашеметяваща и умна. Опита се да изтласка Уилям и мислите за него от съзнанието си. Опита всичко, срещаше се с момчета, които бяха различни от Уилям, но винаги нещо липсваше. Когато чу, че той се среща с други жени, тя изпъна брадичка и каза: „Щом той може да го направи, значи и аз мога“. Една от приятелките ѝ, която тайно искаше Уилям за себе си, я отблъсна и Линда продължи да се среща с момче, което знаеше, че не е за нея. Всъщност нито едно от момчетата не можеше да се мери с Уилям, защото тя обичаше него и само него. Сърцето ѝ не можеше да обича друг.

Тогава тя се прибра вкъщи, а Уилям също си беше вкъщи и те тичаха един към друг точно както актьорите във филмите и се заклеха, че щом завършат, никога повече няма да се разделят. И така, това се случи.

Петнайсет години по-късно, все още женени. Все още заедно.

Дори когато загубиха работата си. Работата в една и съща компания си имаше своите предимства, но не и когато икономиката тръгна на зле и беше последна, първа, навън. Линда беше уволнена първа и тя се помъчи да си намери друга работа, но с бебето на път решиха да останат в същата компания, като Уилям работеше на пълен работен ден и имаше пълни медицински осигуровки, а Линда си остана вкъщи, докато синът им не стана достатъчно голям, за да посещава детска градина (която компанията имаше на място).

Вместо икономиката да се подобри, тя се влоши и скоро Уилям също остана без работа. И двамата се захващат със случайна работа, където и когато могат, като си поделят грижите за сина си, тъй като наемането на детегледачка би било твърде скъпо, а те се нуждаеха от всяка стотинка, за да продължат да плащат ипотеката си.

Когато не намериха работа, те загубиха дома си. Ипотекирани до краен предел, както всички техни приятели, и след това останали без дом. Няколко месеца живяха в колата си, докато кредиторите не ги проследиха и не им отнеха и нея.

Те останаха заедно, силни. Вкопчени един в друг.

Когато изгубиха сина си, това постави всичко на изпитание. Без здравна осигуровка, без дом, без адрес. Вирус, грип, пневмония и една нощ той си отиде.

Загубата му едва не ги довела до крайност. Те се люшкаха и клатушкаха, докато вълните на отчаянието ги повличаха надолу, а бутилките алкохол за самолечение ги издигаха за няколко мига, след което ги хвърляха в канавката и почти ги разкъсваха. Сега имаха само спомени за момчето си и една снимка в пластмасова рамка в средата на възглавницата, която носеха в раница с дрехи за смяна, тоалетни принадлежности и ролка тоалетна хартия.

Тогава те открили връзката със сина си чрез природата. Вървяха, все по-високо и по-високо, усещайки присъствието му във връзка с небето. Не се нуждаели от храна, а когато я търсели, намирали нещо в природата. Къпели се в потоците, ядели ябълки и диви плодове. Глухарчета и диви аспержи. Главички на пеперуди и лукчета. Кресон и див ориз. Всички деликатеси, които са могли да си набавят и да приготвят без нищо под ръка. И вода, отпивали са сутрешната роса от листата на дърветата, а когато е валяло, са отваряли уста към небето и са пиели до насита.

И намериха това място, високо над светлините на града. Далеч от изкушенията и звуковото замърсяване. Заобиколени от природата, където можеха да бъдат напълно заедно. На място, където не им се налагаше да се крият от болката, където природата я поглъщаше вместо тях, в тях.

Където простотата на една спускаща се звезда можеше да ги завладее и да върне сина им при тях в един миг, в смъртта на нощната звезда.

„По-добре да се наспим, утре е голям ден - каза Уилям, докато протягаше ръце и се прозяваше.

„Не бих искал да виждам края на този ден.“

Един заек подскачаше по тревата, като спираше от време на време, за да подуши въздуха. Стомахът им се сви, но никой от двамата не искаше да отнеме живота си, за да се нахрани.

Линда бръкна в раницата и извади възглавницата. Тя целуна снимката на сина си и Уилям направи същото.

Уилям потупа едно място за себе си, а след това едно място за Линда.

Линда наду възглавницата. Тя и я постави на земята, където опря бузата си на снимката на сина си. Уилям направи същото.

Те се сгушиха близо един до друг, като две лъжици.

Тъй като Уилям беше на задната седалка, той внимателно разгърна страниците на вестника, Порив на вятъра се насочи към тях, давайки да се разбере присъствието му. Уилям държеше вестниците близо до гърдите си, защитавайки ги, сякаш бяха по-ценни от злато.

Когато въздухът отново се поуспокои, Уилям покри Линда с първата и втората страница, а след това се зае с припокриването на третата и четвъртата.

Те се сгушиха по-близо. Толкова близо, колкото две човешки същества могат да бъдат.

„Лека нощ, любов“, каза той.

„Нощна любов“, отвърна тя.

*Когато чух астронома, който се учи, Уолт Уитман, 1865 г.

ОТКРОВЕНИЕТО НА МАРГАРЕТ

Пролетта се усещаше във въздуха. Въпреки това Маргарет не можеше да се измъкне от състоянието си.

Когато чувствата я завладяваха, Маргарет се прегръщаше сама, защото никой друг не ѝ предлагаше да го направи. Приятелите ѝ казваха, че тя се справя. Трябвало да говори открито. Да поиска, а не да изисква това, от което има нужда. Те казваха, че не бива да очаква от съпруга си да има Е.С.П.

В такива моменти Маргарет се свиваше на въображаема пухкава топка, като мама мечка. После се протягаше и се прозяваше, сякаш се събуждаше от дълъг зимен сън.

Изпий още едно питие - казваха те, сякаш ако се напиеш, нещата ще се подобрят.

Маргарет копнееше за ново начало. Сезонно прераждане, в което отново да се свърже със самата си същност.

***

В 5 часа сутринта в западното предградие на Торонто, близо до езерото Онтарио, птиците се бяха върнали от зимната си ваканция. Няколко от тях останаха през цялата година - тях тя смяташе за свои приятели за всички времена. Те вече бяха оголили храста с боровинки. За да ги върне обратно, Маргарет напълни хранилките със семена от черен маслодаен слънчоглед.

През зимата репертоарът от птичи гласове варираше от сини сойки до кардинали, гълъби и килими. Маргарет чакаше в тишината всяка сутрин, за да ги чуе как посрещат новите дни. Освежена духом и телом, тя затваряше очи и отново заспиваше. Докато несъгласните гласове не я събудиха.

Синът ѝ в тийнейджърска възраст се противопоставяше на съпруга ѝ. Макар че имаха една и съща кръв, хормоните им се бореха за надмощие и се караха - особено сутрин.

Маргарет и Майкъл Линдстрьом се ожениха преди тринайсет години, а синът им, вече тринайсетгодишен, се роди скоро след това. Някои казваха, че двойката е трябвало да се ожени, но това не беше тяхна проклета работа.

Бяха се запознали на сляпа среща и си допаднаха веднага. Майкъл беше изпълнителен директор в транспортната индустрия. Маргарет работеше на две места, докато учеше в колеж, за да получи бакалавърска степен по графичен дизайн.

Майкъл работеше дълго време. Тъй като Маргарет учеше и работеше на две места, двойката не се виждаше често. Но когато се виждаха, между тях прехвърчаха искри. Любовта беше във въздуха. Съвсем непознати хора се приближаваха до тях, коментирайки колко влюбени изглеждат, а слънцето не спираше да грее, когато се разхождаха, хванати за ръце.

Приятелките на Маргарет ѝ завиждаха, че има постоянно гадже, и се притесняваха. С натоварения си работен график те едва ли са имали време за флирт, камо ли за пълноценна връзка с по-възрастен мъж.

„Просто се забавлявай без очаквания", съветваше Анабел, макар че самата тя, за да избегне усложненията, имаше политика на отворени врати, която ѝ позволяваше да сменя партньорите си на всяка крачка.

„Но аз го харесвам. Искам да кажа, че наистина го харесвам - отвърна Маргарет.

„Ако е писано да бъде, може да почака, докато завършиш", каза Лизи, която беше в играта за университета за дълъг период от време. Тя следваше бакалавърска степен по астрофизика, след това преминаваше в магистърска степен и все още решаваше каква специалност да учи, след като се дипломира. „Той е стар, но не е древен и едва ли скоро ще се разпадне".

Той е мил, нежен и внимателен. Освен това ме покани на работен концерт, за да се запозная с колегите му. Казва, че иска да ми се похвали". Тя се усмихна.

„Вече имаш достатъчно работа на главата си с това, че работиш на две места и получаваш диплома" - предложи Анабел. „Да не говорим, че си твърде млада, за да се обвързваш. Освен ако и двамата не се занимавате с това." Тя се изсмя и стисна чаши с Лизи.

„Бих могла да откажа, предполагам - каза Маргарет и добави още малко вино в чашата си.

„Което не искаш да правиш“ - каза Лизи. „Аз казвам да отидеш. Запознай се с всички скучни хора, с които той работи всеки ден. Това със сигурност ще те излекува от всички илюзии, които имаш за него - ако не друго, то поне ще го направи“.

Маргарет въздъхна и се върна към ученето си. Той не беше толкова стар и не се държеше стар. Разликата от седем години беше нищо в наши дни.

По-късно тя излезе на вечеря с Майкъл, където се запозна с няколко негови колеги от работата. Тя беше по-близо до възрастта им, отколкото Майкъл, но той се разбираше с всички и изненадващо, тя си прекара приятно. Хареса ѝ, когато Майкъл я представи като своя приятелка. След като го каза, той я погледна така, сякаш очакваше да го опровергае, но вместо това тя хвана ръката му. Много ѝ харесваше да бъде част от живота му.

Не след дълго след работния концерт Майкъл покани Маргарет да се присъедини към него в едно извънградско бизнес пътуване. Тя отказа, но после изкушението да посети Сиатъл, Вашингтон, я накара да постави под въпрос решението си. В крайна сметка тя все още можеше да учи и почивката от ежедневието ѝ щеше да е добре дошла. Ако заминеше, когато се върнеше, наистина щеше да се захване с книгите.

„Всички разходи са платени“ - убеди я Майкъл. „Аз ще бъда навън през деня... ще имаш достатъчно време да учиш - край басейна, в джакузито“.

Тя поклати глава с „не“, но той разбра, че отслабва.

„И ще летим в бизнес класа.“

Е, това го направи. Тя си опакова багажа и заминаха за Сиатъл, където през деня учеше. През нощта гледаха играта на „Маринърс“ една вечер, а на друга отидоха в рок клуба „Трактор Таверн“. Чули Бил Клинтън да говори в Сиатълския център. Изкачиха се на космическата игла, разгледаха градината Чихули и отидоха в Музея на попкултурата. Сякаш бяха на меден месец; любовта витаеше във въздуха и те зачинаха Томи.

Маргарет и Майкъл не бяха говорили за деца. Маргарет не знаеше как да подходи към темата. Тя обмисляше да направи аборт, но не ѝ беше по силите да нарани някой, който не е избрал да се роди. Тя покани Майкъл на вечеря и повдигна темата.

„Искам да имам семейство, много деца“, каза той.

Тя се усмихна.

„Но не се виждам като женен тип“ - направи пауза той. „Ако обаче става дума за дете, бих обмислил да се оженя. Всички деца заслужават възможно най-добрия старт.“

„Мисля, че съм бременна“, изригна тя.

Отначало той замълча, после скочи и я прегърна. Каза, че трябва да знаят със сигурност. Тя си записа среща с лекаря си. Когато той потвърди това, което тя вече знаеше, те се вкопчиха един в друг и се разплакаха като идиоти. Дори и сега, когато си спомняше за този ден, трябваше да се бори със сълзите си.

Отказа се от колежа, когато сутрешното гадене превзе живота ѝ. Пропуснатите уроци сякаш се трупаха. Когато стана ясно, че ще трябва да повтаря цялата година, Маргарет си взе отпуск и съсредоточи всичко, което имаше, върху бъдещето. Имаше много работа за вършене, преди да се появи бебето. Продадоха апартамента му. Купиха къща в предградията и направиха бърза сватба в Службата по вписванията, за да направят всичко официално.

Скорошната нова майка прекарваше дните си, за да направи дома им по-уютен. Когато разбраха, че ще имат момче, Маргарет се впусна на пълни обороти в създаването на прекрасна детска стая. Избрали спортна тематика - бейзбол, хокей, баскетбол. Дори футбол. Всички спортни дейности, които тя и Майкъл с удоволствие гледаха на телевизора с плосък екран.

Когато Майкъл беше на работа, понякога Маргарет приготвяше поднос с храни като сладолед, целина, гъби и салса. След това се настаняваше пред телевизора, пускаше успокояваща музика за бебето и му четеше. Маргарет беше изгубила представа колко пъти е чела „Какво да очакваш, когато очакваш“ на своето малко дете. За нея това беше нещо като бебешка библия и споделянето на знанията още повече заздравяваше връзката им.

Един слънчев следобед тя отиде в местната книжарница за книги втора употреба със списък на любимите си книги, които е обичала като малка. Беше забравила да попита Марк кои са любимите му книги, но той никога не е бил голям читател. Трябваше да минат два пъти, за да съберат всички книги. Тя седна на меката мебел, а кутиите с книги бяха пред нея. Не можеше да повярва, че ги е намерила всичките! Дори „Малкото кученце Поки“, която беше първата книга, която се беше научила да чете сама. А и прелистваше копия на „Паяжината на Шарлот“, „Анн от Зелени Гейбълс“, „Любопитният Джордж“, „Близнаците Бобси“, „Хайди“ и цялата поредица за Хари Потър. Марк се засмя и каза, че е по-добре да инвестират в рафт за книги. Той направи нещо повече от това, построи я сам, като каза, че в спалнята на сина му няма да има такива глупави мебели.

Съвсем скоро Томи пристигна и той беше най-красивото произведение на изкуството, което тя някога беше виждала. Понякога не можеше да повярва, че тя и Майкъл са го създали. Сърцето ѝ се разтуптя, никога не е знаела, че може да обича някого повече, отколкото обичаше Майкъл: а тя го обичаше много.

Майкъл искаше да има още едно дете веднага, но втора бременност не беше на дневен ред. Раждането на Томи е било трудно и лекарят ги е посъветвал да не опитват отново. Майкъл се съгласи, че рискът не си струва, и нямаше нищо против, или поне така казваше. Маргарет не му повярва, въпреки че в миналото той винаги е бил честен.

Силните шумове долу отново избухнаха, като извадиха Маргарет от главата ѝ и я върнаха в реалността. Томи първи извика, блъскайки един шкаф, после Майкъл му се скара и нещата бързо ескалираха. Двамата се сбиха по най-нелепи теми. Нито един от двамата не беше сутрешен човек... нито пък тя.

Само една обикновена сутрин на тишина и спокойствие беше всичко, от което се нуждаеше, за да се върне в правия път.

Маргарет се замисли дали да не стане, но после отхвърли идеята. Щеше да изчака, докато я помолят за помощ. Неизбежно щяха да я потърсят.

Томи надникна в стаята ѝ. Вместо да се успокои, той изкрещя: „Спиш ли, мамо?" Изчакваше я да се размърда за секунда-две.

„Да" - винаги отговаряше тя, разтривайки уморените си очи, въпреки че да заспиш през шумотевицата би било невъзможно.

Сега, когато беше привлякъл вниманието ѝ, той извикваше: „Не мога да си намеря спортната риза, мамо".

Тя се усмихваше, тъй като винаги ги слагаше на едно и също място, но този път не го спомена. Какъв беше смисълът? „Те са в гардероба ти, любовчице."

„Те са така, НЕ!" - каза той, последван от тропане, отстъпление и затръшване на вратата.

Тя започна да брои: едно Мисисипи, две Мисисипи, три Мисисипи.

„Намерих го! Благодаря, мамо! През цялото време беше тук."

Маргарет се настани обратно под завивките и отново се унесе в сън. Докато съпругът ѝ Майкъл не се върна в стаята им.

Той спазваше строг режим. Първо тоалетна, после миене на ръцете, миене на зъбите, почистване на конците, остъргване на езика с периодични и много отчетливи звуци на давене (което често я караше да закрива ушите си с възглавницата.) Следваше петнадесетминутен душ, бръснене, още миене на зъбите, подсушаване, разкрасяване, одеколон. Всичко е премерено до секунда.

Когато приключваше, той отваряше широко вратата и горещата пара излизаше преди него в стаята. Тя го наблюдаваше как прекосява пода, сякаш следваше бягащ призрак. Миризмата на одеколона му и топлата пара я приспиваха и скоро тя отново щеше да заспи.

„Маргарет, не си ли видяла една заблудена копче за ръкавели?“

Тя вдигаше глава: „Не напоследък“ - отговаряше, докато той претърсваше горното чекмедже, без да го затваря докрай. След това отвори средното чекмедже, като го остави частично отворено. Накрая издърпа долното чекмедже докрай. Броираният шкаф приличаше на стълбище, но беше опасен, тъй като лесно можеше да се преобърне във всеки един момент. Тя си представи как Томи минава покрай него и целият скрин се стоварва върху него. Ужасът от това, което можеше да се случи, я разкъсваше до основи. Ако трябваше да го измъкне отдолу... щеше ли да има сили? Ами ако... Тя скочи от леглото и затвори всяко чекмедже.

„Щях да го направя - каза Майкъл, докато затръшваше вратата след себе си на излизане.

Тъй като вече беше станала, тя се притискаше към гърба на затворената врата, докато от долния етаж Томи не извика: „Мамо, не мога да си намеря обяда!“

„Той е в кутията ти за обяд, на втория рафт, от дясната страна на хладилника.“

„Не, не е“, отговори той.

„Идваме“, каза тя, като хвана дръжката на вратата, но преди да успее да я отвори, той извика: "О, вече го виждам! Благодаря, мамо.“

Връщайки се в стаята си, промърмори „ Добре дошъл“, тъй като черната пролука под леглото я примамваше. Можеше да се плъзне право под нея, без нищо да ѝ прави компания, освен прашните зайчета. Там, под нея, щеше да създаде собствената си суперсила - защитен щит от мрак, който отблъскваше силните гневни гласове.

Гласовете, които се приближиха, взеха решение за нея и тя се вмъкна в тъмното пространство. В уютната среда дишането и сърцебиенето ѝ се забавиха. Тя затвори очи, сплеска се, после протегна ръка нагоре, свали одеялото на пода и го провлачи под и над цялото си тяло, сякаш беше построила крепост.

Майкъл се върна в стаята им. „Хон?“ - каза той.

Томи се спря на вратата: „Може би е в банята?“

Майкъл провери, после погледна към леглото.

„Не е ли пак под него?“ Томи прошепна.

„Да видим“ - чу тя отговора на Майкъл.

Двамата се спуснаха на земята и надникнаха в тъмнината. Видяха някакво движение под одеялото. Майкъл погледна сина си, после сложи пръст на устните си. Той кимна, щастлив, че остави баща си да говори пръв.

„Хон - каза Майкъл с успокояващ глас, - би ли имал нещо против да занесеш панталоните и ризите ми на химическо чистене?“ Той отвори уста, после отново я затвори.

Бедната Маргарет не можеше да повярва, че той ѝ дава списък със задачи и ѝ говори така, сякаш тя се крие под леглото всеки ден от живота си. Това я дразнеше до болка.

Не разбрал намека, той продължи: - А и забравих да те попитам през уикенда, дали няма проблем да поканя няколко приятели. Тази вечер. За едно малко парти. Парти от осем души, включително и ние. Съжалявам отново за толкова краткото предизвестие. Исках да те попитам през уикенда.“

Томи направи крачка, за да се присъедини към майка си в нейния самотен пашкул. Вместо това тя се запъти навън. Изправи се и се избърса. Те я гледаха, но не казваха нищо. „Вие двамата слизайте долу, сега - каза тя, все още държейки топлата завивка.

Майкъл погледна часовника си.

„Добре съм, напълно добре. Ще бъда там след минута, моля.“ Тя върна одеялото на леглото.

„Добре“, отговори и си тръгна.

Когато си тръгнаха, тя се протегна през леглото. Изключи електрическото одеяло от страната на съпруга си. Докато обличаше хавлията и чехлите си, си представи, че е забравила да изключи неговото одеяло. Дали къщата щеше да изгори?

Вероятно. И това щеше да е по нейна вина. Винаги за всичко беше виновна тя.

Затвори палтото си и оправи косата си в огледалото. Трябваше да говори с Майкъл за вечерята. Осем души. Тази вечер. Поне не беше толкова лошо, колкото последния път, когато бяха дванайсет, или предишния, когато бяха осемнайсет. И все пак толкова пъти го беше молила в други случаи като този да я уведоми по-рано. Последния път, когато беше свършила всичко - е, почти всичко - не ѝ остана време да си лакира ноктите. Майкъл изтъкна това неловко пред гостите и дори синът им имаше достатъчно емоционална интелигентност, за да смени темата, преди тя да избухне в сълзи.

В коридора пантофките ѝ със зайче правеха искри, докато вървеше, и ѝ причиняваха сътресения, докато вдигаше чорапи, бельо и копчета за ръкавели по пътя. Парченца, оставени за нея като следа, която да я отведе долу, където я чакаха.

Сега тя стоеше долу в коридора, водещ към всекидневната. Когато влезе вътре, видя и чу как съпругът ѝ хрупа препечен хляб, докато държи чаша с чай с пръст нагоре. До него беше Томи, който похапваше оризови чипсове и пропускаше устата си. Между краката му се събираха капки мляко и зърнени остатъци, които се удряха в килима и издаваха звуци на питър-патър.

Тя си отбеляза, че след като си тръгнат, ще хвърли килима в сушилнята, облекчена, че тъканта на пода попива течността, а не оцветява последната чиста училищна риза на сина ѝ. Добави и втора бележка, че трябва да му поръча нови ризи - растеше толкова бързо, че беше трудно да се справиш с темповете на растеж.

„Добро утро - каза Маргарет точно в момента, в който Фред Флинтстоун изкрещя: Уилма!

Семейството ѝ потвърди присъствието ѝ, като погледна в нейна посока, след което заедно избухнаха в смях, докато Барни и Фред продължаваха с обичайните си лудории. Поне те се разбираха. Семейство Флинтстоун беше единственото нещо, за което и двамата бяха съгласни.

Когато имаше рекламна пауза, тя каза: „За тази вечеря, Майкъл.“ Той намали звука на телевизора. Томи протестира, след което довърши зърнената си закуска.

„Извинявай пак за това“ - каза съпругът ѝ. „Говорих с шефа си през уикенда по време на играта на голф. Не съм сигурен как се оказа тук, но следващото нещо, което си помислих, беше, че съм домакин на това проклето събитие. Не е задължително да е с черна вратовръзка или нещо изискано. Три блюда плюс десерт би трябвало да са достатъчни.“

„Кои са нашите гости? Каква храна обичат? Има ли алергии? Има ли вегетарианци?“ Тя направи пауза. „Защо не разпалим скарата?“

„Не, идеята за скара е чудесна за събиране през уикенда, но това е мотивирано от бизнес.“

Тя въздъхна.

Той продължи: „Шефът ми и съпругата му, Джим и Дейв от маркетинга, Луси и съпругът ѝ Уилям от правния отдел.

Мисля, че Луси може да е вегетарианка или веган. Ланс от финансите и съпругата му - не съм я срещал преди. Той е нов в екипа ни." Той погледна часовника си и подскочи.

Маргарет го хвана за ръкава. Вмъкна липсващата копче за ръкавели, след което се вклини точно пред съпруга си с надеждата да получи целувка.

Майкъл се поколеба за секунда, преди да даде на Маргарет това, което някои биха определили като целувка - тя не го направи. Беше по-скоро клъвване - направено в движение - докато той минаваше покрай нея. Устните на двойката едва се докоснаха.

Преди Маргарет да успее да каже и дума, Марк затръшна вратата след себе си.

Тя отново се обгърна с ръце. За секунда-две изглеждаше, че Томи ще я прегърне. Тя разтвори ръце, а той в отговор протегна ръка в нейна посока с отворена длан нагоре. Тя скръсти ръце, докато той започна да се занимава с „Търговска практика 101".

„Виждаш ли, мамо, днес е Денят на бургера - два за един - и ми трябват пари. Парите са за благотворителност, а аз вече съм похарчил всичките си джобни тази седмица".

„Ами обядът, който направих?"

„Няма проблем, ще го изям в междучасието."

Маргарет го потупа по главата, а после отиде в кухнята, където чантата ѝ висеше на куката. Като посегна към нея, тя погледна състоянието на кухнята си. Каква бъркотия! А трябваше да изпипа всичко за вечерята тази вечер. Няма проблем!

Имаше само една банкнота от десет долара, която постави във все още чакащата му ръка. „Донеси ми дребни“, каза тя, когато той излезе от къщата с твърдо затръшване на вратата.

Обратно в хола Семейство Флинтстоун завършваше с: „Ще си изкарате добре!“ Маргарет си гукаше, докато хвърляше килима през рамо, събираше мръсните чаша и чинийка, чаша и купа.

Сега в кухнята тя сложи килима в пералнята, съдовете за закуска - в съдомиялната машина, след което си наля чаша чай от хладката кана. Върна се във всекидневната, която беше по-малко разхвърляна. Превъртя каналите и попадна на „Съдия Джуди“. Не можеше да не се възхити на жената, която имаше пълен контрол над всички и всичко в съдебната си зала.

Приятелките ѝ казаха, че трябва да стане преди семейството си, така ще намали хаоса и бъркотията до минимум. Тогава тя щяла да бъде начело на ситуацията. Други казваха, че трябва да си намери работа и да напусне къщата преди тях, така че те да се научат да се грижат сами за себе си. Тя обаче беше толкова уморена, толкова не на себе си тези дни, да не говорим, че не беше работила отпреди раждането на сина си. Кой би я наел сега?

Маргарет ставаше все по-недоволна от съдбата си, тъй като предаваше живота си за нуждите на тези, които обичаше. Тя се възмущаваше от това, че винаги дава, въпреки че това беше нейният избор. После се качваше на влака на вината и самосъжалението. Дали всяка майка преминаваше през същото? Тази празнота? Това бутане и дърпане в себе си, което създава празнота. Тази вътрешна празнота, на която тя позволяваше да се движи като лятна буря и да вали върху всичко в живота ѝ. Тя беше ураган, който чакаше да се случи, и днес беше денят, от който се страхуваше.

Изкъпа се и се облече, без да спира за закуска, но отделяйки време да хвърли килима в сушилнята, и с неистово желание да излезе. Навън. Където и да е, далеч.

Маргарет насочи колата си в посока към търговския център и потегли. Паркира. По пътя навътре един млад мъж пасеше колички. С помощта на вятъра няколко от тях бяха предназначени за неминуемо бягство. Тя се замисли дали да не каже нещо, за да облекчи тежестта на мъжа, но вместо това му се усмихна. Под носа си той я нарече кучка.

Домакинята го пренебрегна и забърза навътре. Не можеше да не се зачуди защо съпричастният ѝ жест не постигна нищо друго освен злоупотреба. Няма значение, помисли си тя, като прехвърли фокуса си върху настоящия проблем: подготовката на вечерята. Но първо: какво щеше да облече? Трябваше ли да се поглези с нов тоалет? В миналото пазаруването ѝ беше помогнало да повдигне духа си. Може би и днес щеше да е така?

Маргарет тръгна по модния коридор и откри манекен на витрината, облечен в шикозен костюм, който ѝ хареса. Тя се впусна вътре, където огледалата навсякъде я атакуваха. Тя се оттегли.

На ескалатора забеляза спа център за коса и нокти. Тя погледна ноктите си. Предпочиташе да си ги прави сама вкъщи, след като знаеше какво ще носи - щеше да намери време. Но косата й, това беше друг въпрос.

Тя стоеше пред салона и наблюдаваше стилистите, които се движеха и бяха заети. Изглеждаше, че денят в салона е спокоен, тъй като само един стол беше зает. Тя се замисли дали да не влезе и да поговори с някого, но се отказа, тъй като погледна телефона си. Времето течеше, а тя вече имаше твърде много работа.

Мигащ неонов надпис привлече вниманието й. Той гласеше:

Пътувайте до мечтаната дестинация. Разпродажба само днес!

Вече не беше Маргарет, а Маргарита в Куба. Представяше си, че е в Куба и изпълнява румба. После беше в Австралия, където танцуваше в пустошта. Няма как! Беше твърде далеч.

Един млад мъж на половината от нейната възраст я забеляза. „След малко ще дойда при теб - каза той. Върна се към разговора си по телефона.

Тя се осмели да влезе вътре и застана неловко до рецепцията. Вслуша се в спокойния глас на младия мъж. Понякога той потвърждаваше присъствието й с усмивка. След няколко мига той спря да говори и сложи ръка върху телефона.

„Почерпете се с чаша кафе или вода, докато чакате. Няма да се бавя дълго. А и не се притеснявайте да разгледате брошурите и списанията. Аз ще бъда до вас.“

Маргарет си наля чаша горещо кафе с пара, след което добави сметана и бучка захар. Тя погледна по посока на младия мъж по телефона, когато забеляза кутията с бисквити. Сякаш търсеше разрешението му.

Той отново сложи ръка върху слушалката: „О, да, помогнете си с една-две бисквити. Няма нищо против."

„Благодаря - прошепна тя и взе една бисквита. Беше шоколадов рай.

Докато чакаше, тя прелисти няколко списания. Първото беше за Швейцария. Сега тя беше Маги, която се подготвяше да кара ски в Цермат с висок, рус и красив ски инструктор на име Свен, който ѝ помагаше със ските. Сега бяха приключили със ските и той ѝ предлагаше чаша горещо какао. Тя примижа и посегна към нея, след което му отвърна с мигване.

Взе още една брошура за Хаваите и си представи как стои на плажа в Уайкики и се гуляе с Джордж Клуни. После погледна надолу, осъзна, че е облечена в бикини, и изкрещя.

Маргарет се върна в реалността и погледна в посока на младия мъж, който все още говореше по телефона. Той не беше забелязал избухването ѝ. Уф. Тя отхапа още една хапка от шоколадовата бисквита. Носенето на бикини или какъвто и да е друг бански костюм беше изключено.

На стената забеляза плакат, рекламиращ пътуване до Великобритания. Beefeaters. Носеха онези безумно високи шапки. Сега тя беше Кати, която търсеше Хийтклиф на йоркширските блата. Денят беше много студен и ветровит, но те се разхождаха и се наслаждаваха на чистия въздух...

„Мога ли да ви помогна? - попита младият мъж.

Хийтклиф изчезна. „Ех, просто сънувам“, отговори Маргарет със зачервени бузи.

Младият мъж щракна върху клавиатурата си, като погледна екрана. Той обърна компютъра към нея. „Това са днешните оферти в последната минута, които се предлагат само за един ден. Току-що пристигнаха!“

Заинтригувана, тя се приближи.

„Ако се интересувате от Англия, няма да намерите отново такава цена“.

„Винаги съм искала да посетя Великобритания.“

„Тази цена - каза младият мъж, - включва кола под наем и комбинация от хотели и пансиони. Можете да пътувате наоколо, а след това да изберете къде искате да спрете и да отседнете.“

„Не знам как се шофира там, не се ли кара от другата страна?“

„Така е, но ще го усвоите за нула време“.

***

Маргарет се върна у дома и направи поръчка за храна за вкъщи. Тя избра различни ястия от менюто, които да задоволят всяка нейна нужда. Тя сложи Шардоне, Розе и бира в хладилника. Четирите бутилки червено тя поставила в етажерката за вино.

Върза престилка около кръста си, след което се зае с прахосмукачката и почистването на праха. Пренареди чистия килим във всекидневната. Когато всичко беше идеално, тя подреди масата с места за седем души на масата. Майкъл не искаше да рискува Томи да предизвика сцена. Не и пред шефа и колегите му от работата. Тя приготви поднос и го постави на плота, за да може той да го отнесе в стаята си.

Маргарет отиде в стаята си и опакова куфар и ръчна чанта. Поръча на Uber да я закара до летището.

Три часа по-късно тя се качи на самолета и скоро отлетя за Обединеното кралство.

Докато гледаше през прозореца, за част от секундата я обзе чувство на вина. Тя се пребори с нея.

Беше оставила бележка на хладилника, в която пишеше, че заминава.

Маргарет не беше споменала къде отива и кога ще се върне.

Нито пък, че е купила еднопосочен билет. Те щяха да разберат.

ЧАДЪРЪТ И ВЯТЪРЪТ

Беше петък, 13-и, и вятърът брулеше. Нещата, които не трябваше да летят, подскачаха и рикошираха. През и над. Преобръщаха се около мен.

В такъв ден някои пенсионери можеха да си останат в леглото, но не и аз. Защо да рискувам да изляза навън в такъв ужасен ден? Поради тази и само тази причина - имах нужда от чаша силно кафе.

Затова си играх на уловка, криволичех и се гмурках, за да се измъкна от къщи и да се кача в колата си. След това се насочих към най-близката автомивка. Не бях единственият достатъчно смел, за да се впусна в неизвестното, за да излекувам кофеиновата си зависимост.

Опашката се движеше напред, като се изнизваше. Направих поръчката си за Extra Strong Vanilla Latte, след което с кола пропълзях до прозореца, за да платя. Протегнах ръка за портфейла си и открих, че съм го оставила вкъщи.

Дамата на прозореца протегна ръка и я дръпна обратно, за да избегне малък клон, който се допря до моя прозорец, след което отскочи в нейния.

„Връщане на парите - казах аз, когато жената отново протегна ръка. Все още претърсвах отделението за ръкавици и гнездата за чаши. След като преброих, имах седемдесет и осем цента. Под седалката ми имаше още един долар. Продължих да търся, докато колите зад мен чакаха и човекът непосредствено зад мен натисна клаксона, а другите го последваха.

„Това ще стигне - каза жената, като взе монетите и ми подаде кафето.

Усмихнах се с най-голямата си усмивка и казах: „Благодаря ви." Затворих прозореца и потеглих, все така благодарен. Кафето миришеше на рай, но се въздържах да отпия глътка до първата червена светлина.

Докато чаках, отпивах, наслаждавах се, един нехуманен чадър счупи предното ми стъкло с дървената си дръжка, преди да отскочи и да се спре на клон на близкото дърво.

Дори не осъзнах, че джавката ме изгаря, докато светлината не се смени. Благополучно спрях и излязох от автомобила. Няма нищо по-хубаво от горещо кафе, което се стича по крака ти в чорапите и обувките. Разтърсих крака си като куче, което наскоро се е къпало.

Видях, че се приближава, но беше твърде късно.

Този проклет чадър. Отново.

***

Събудих се, все още на паркинга с дървената дръжка на чадъра, увита около врата ми. Бях паднал тежко, но по пътя надолу успях да се хвана за вратата на колата, което беше добре от една страна и зле от друга, тъй като скриваше затруднението ми.

Бетонът под мен беше студен и гъбест. Опитах се да се изправя и вятърът улови чадъра, продължавайки пътуването му като непокорна тумба.

Още не бях се изправил, но се изстрелях нагоре, притискайки тежестта си към вратата на колата. Внезапното щракване на ключалката на вратата не вещаеше нищо добро за мен □ бях оставил ключовете в запалването. Потърсих телефона си, като бързо осъзнах, че е вкъщи при чантата ми.

Подпрях се на колата със скръстени ръце с надеждата да привлека добър самарянин.

В далечината забелязах чадъра, който си проправяше път на друго място. Упс. Насрещният автомобил, опитващ се да избегне вихрения дервиш, се блъсна в задната част на друга кола. Някой сега щеше да се обади в полицията. Щях да им махна да помогнат и на мен. Всичко е наред.

Не след дълго проклетият чадър отново беше тръгнал, като се носеше с пълна скорост в моята посока. Аз ли бях магнит за чадъри? Този път той излетя нависоко и се завъртя. В далечината беше нещо красиво. Отвори се към небето в цялата му чернота. Беше хипнотизиращо, толкова високо се издигаше, а нали знаете старата поговорка: „Каквото се издига, това се издига“, ами тя се оказваше вярна, тъй като проклетото нещо се спускаше към земята с потенциал да ме нокаутира завинаги. Подобно на девиза на бойскаутите, аз бях подготвен и вместо да чакам да се свърже с главата ми, протегнах ръка и я хванах за дръжката.

Държах се за живота си, надявайки се да не се превърна в Мери Попинс. Краката ми наистина се отлепиха от земята, но само за секунда-две, преди да чуя сирена и пляскане на обувки по паважа.

Млада жена постави ръката си върху моята върху дръжката. Успокоихме се, докато по улиците се разнасяха още стъпки, докато собственикът ѝ натискаше бутона и затваряше сгъваемия сенник.

***

След странната сутрин се прибрах вкъщи и сложих краката си нагоре, отказвайки да се помръдна, докато вятърът не се успокои. Спазих плана, докато синът ми не ме помоли да го взема малко след 7:30 ч. от дома на приятеля му в другия край на града. Родителите трябваше да го доведат до вкъщи, но те бяха нервни шофьори, поради което ме извикаха.

Пукнатината на предното стъкло на автомобила ми беше постоянно напомняне за това как протичаше денят ми досега. Все още чаках съобщение от застрахователната ми компания за размера на самоучастието. Те проучваха въпроса за „божията помощ“.

Свързах се с полицията, която каза, че ще провери съществуването на чадъра, но не и дали е свързан с предното ми стъкло. Когато ме видяха, аз се държах за него.

Чувствайки се изключително ядосан на човека, който не е успял да задържи своя сенник от плат, имах половинчато намерение да пиша до съвета, за да поискам лицензионна политика за чадъра. Тогава можех да ги накарам да платят самоучастието ми или още по-добре - да ги съдя.

Запалих колата и потеглих от алеята, съзнавайки, че има летящи предмети, когато една зелена бутилка привлече вниманието ми. Тя се въртеше и се въртеше в кръг, сякаш въображаеми хора играеха на игра „Завърти бутилката“. През по-голямата част от времето не се отделяше от земята и приличаше на продълговат зелен космически кораб, който излиташе, издигаше се все по-високо и по-високо, после се разбиваше, завърташе се и отново се издигаше. Аз продължих, по стечение на обстоятелствата в същата посока, в която се движеше бутилката.

Когато видях един мъж и една жена да вървят един към друг, докато бутилката опасно се мяташе, отворих прозореца и им извиках. Когато те не реагираха, натиснах клаксона си. Бутилката, вече високо във въздуха, започна да пада свободно към тях.

Бутилката падна и удари с пълна сила главата на жената. След това зеленият контейнер рикошира и се удари в главата на мъжа. Безразличният зелен предмет се издигна и падна няколко пъти, преди да спре до ствола на едно дърво.

Включих четирипосочните си мигачи и изключих двигателя, преди да изляза от безопасната среда на колата и отново да се впусна в опасния вятър.

И мъжът, и жената бяха в съзнание, обаче не се движеха и не се опитваха да се изправят. Премерих пулса на жената, после на мъжа и прецених ситуацията, като си спомних за обучението си по първа помощ отпреди години. Набрах 911. Диспечерът зададе няколко въпроса, но пукането зад нас накара хората да седнат

Гледахме как вятърът продължава да бучи, изпращайки бутилката да лети. Величествената плачеща върба се наведе, за да я вземе обратно, но твърде късно. Вятърът счупи дебелото ѝ туловище наполовина и когато дървото се удари в земята, отзвукът разтърси земята под нас.

„Хайде!“ Извиках.

С вятъра, който се носеше по петите ни, се измъкнахме.

***

След като стигнахме до убежището на колата ми и се закопчахме, аз натиснах газта. След като бутилката вече не се виждаше, продължихме да прибираме сина ми.

След като си поехме дъх, се представихме.

Брент Уелч беше висок и много красив мъж, с тъмна коса и сини очи. На брадичката му имаше ямка като на Кари Грант. Беше съдружник в местна адвокатска кантора, много добре говореше, забележимо прекрасни маниери и беше свободен.

Айлин Мани, също неженена, имаше дълга руса коса и носеше твърде много грим. Беше сдържана и мекушава представителка на козметични продукти, така че „лицето ѝ беше нейната палитра“.

Представих се. „Името ми е Алис Мичъл. Наскоро овдовях и съм пенсионирана гимназиална учителка“.

Сега, след като се бяхме запознали, те ми благодариха, че съм ги спасила. След това попитаха за пукнатината на предното стъкло, точно когато Джаспър се качи в автомобила и се закопча.

След като се запознахме, продължих да разказвам историята с чадъра. Пътниците ми ревяха от смях.

„Какво е толкова смешно?“ Попитах.

„Това не би могло да се случи на никой друг“ - отвърна Джаспър.

Потеглихме към дома, като по пътя оставихме Марк и Айлин.

Когато най-сетне стигнахме, осъзнах, че все още остават два часа от този повече от наситен със събития петък 13-и. Влезнах в леглото, навлякох завивките върху главата си и се опитах да заспя.

Нямах представа какво предстои да се случи.

***

На следващата сутрин, събота 14-ти, ми отне няколко минути да се събудя. Сякаш в съня ми звънеше на вратата, докато синът ми Джаспър не почука на вратата на спалнята ми.

„Мамо, това е за теб □ полицаите“.

Отхвърлих завивките, издърпах нощницата си през главата, замених я с анцуг и с пръсти разроших косата си, преди да изляза.

Синът ми, който има малко етикет за тези неща, въпреки че е възпитан с отлични маниери, беше оставил полицаите да стоят на предната веранда.

Докато измъквах главата си навън, наполовина вътре, наполовина навън, вятърът се усили и едва не изтръгна вратата от ръцете ми.

Външният вид на офицерите беше разчорлен, което в старите времена се наричаше „вятърничав и интересен". Закръглената двойка офицери беше достатъчно красива, за да се подвизава като стриптийзьорка от „Гръм отдолу". Поканих ги да влязат.

Не, благодаря, госпожо - каза русокосият, който, когато свали шапката си, приличаше на другия, онзи, който не беше „Понч" от К.Х.И.П.С.

Джон - казах аз на глас, без да искам (името на русото момче от C.H.I.P.S. току-що ми хрумна).

„Името ми е Маршал - каза русокосият. „Партньорът ми е офицер Рамзи."

„Приятно ми е да се запозная с вас. И какво мога да направя за вас?"

Блондинът каза: „Вчера получихме от вас сигнал за изоставено повикване на 911, можете ли да обясните какво се случи?" „Не, не.

„Забелязах мъж и жена, които вървяха един към друг, докато чакаха да се смени червената светлина. Забелязах бутилката.“

„По средата на пътя?“ Рамзи попита.

Кимнах. „Да, бутилката се издигна нагоре и след това отново се върна надолу. Опитах се да привлека вниманието им, но преди да се усетя, бутилката удари първо жената, а след това и мъжа. И двамата паднаха на тротоара, тежко“.

„В какво състояние бяха те, когато ги достигнахте, и колко време ви отне да стигнете до тях?“ Джон, тоест Маршал, попита.

„Паркирах за секунди и веднага отидох при тях“.

Рамзи беше човекът с бележките, той записваше всичко, което казвах.

Маршал беше насочил телефона си към мен; той записваше всичко, което казвах.

Предположих, че е добре, макар че тогава не го поставих под въпрос.

„Бяха в съзнание, дишаха и бяха със силен пулс. След като се уверих в това, се обадих на 911“.

„Какво се случи тогава?“

„Огромно дърво се сгромоляса и ние побягнахме към колата ми“.

„Някой от тях поиска ли да отиде на лекар или в Спешна помощ?“

„Не, те бяха будни. Смеехме се и си говорехме. Къщите им бяха по обратния път, закарахме ги и не беше никакъв проблем.“

Ние останахме безмълвни.

***

„За какво става дума?“ Попитах, усещайки как вятърът прорязва спортния ми костюм.

„Срещал ли си някога някого от тях преди?“ Маршал попита. „В края на краищата къщите им не са далеч от твоята“.

„Не.“ Стоях мълчаливо, опитвайки се да разбера накъде са тръгнали с въпросите си. Какво значение имаше дали съм виждал някой от тях преди? Вътре синът ми включи телевизора и звучеше взрив. Затворих вратата след себе си и излязох навън.

„Каква беше тази бутилка?“ Рамзи попита.

„Беше зелена бутилка.“

Двамата полицаи си размениха погледи.

„Вярно ли е, че вчера сте имали друг инцидент, свързан с чадър?“ “Не, не. Маршал попита.

„Да, беше ужасен петък тринайсети“.

„Работата е там - каза Рамзи. „Уелч и Мани са загинали“.

***

Събудих се след като бях припаднал с три разтревожени лица, които ме гледаха отгоре. Две от тях принадлежаха на офицерите Рамзи и Маршал. В ръцете си държаха екземпляри от „Рийдърс Дайджест“, които размахваха към мен като фснове. Другото принадлсжсшс на Джаспър, който държсшс чаша с вода, от която с прекъсвания разпръскваше капки върху челото ми.

„Добре ли си, мамо?“

Не бях сигурна на сто процента. Все пак се опитах да седна, за да избегна повече атаките на „Рийдърс Дайджест" и водата.

„Получила си малък шок", каза Рамзи, точно когато двама служители на бърза помощ си проправиха път към мен. Единият провери пулса ми, а другият щракна лентата за кръвно налягане и започна да помпа. И двамата казаха: „Всичко е наред."

Опитах се да ги придружа до вратата, но те казаха, че не е необходимо.

Рамзи седна срещу мен.

Пеперудите в стомаха ми трептяха и все още се чувствах малко деликатна, тъй като в главата ми се въртяха въпроси за летящи бутилки, които убиват хора.

Мислех си, че само си мисля последната мисъл, докато Рамзи не отговори: „Все още не знаем причината за смъртта. Съдебният лекар изследва телата".

„Забелязахме, че имате голяма пукнатина на предното стъкло - каза Маршал. „Дали някой от тях се е блъснал в нея?"

„Не, причинена е от чадъра".

„Мисля, че разполагаме с достатъчно информация" - казаха полицаите.

Джаспър ги изведе навън.

Отидох в кухнята, направих си силен чай и отворих пакет шоколадови бисквити. Навън чувах вятъра, който развяваше листата наоколо. Отворих задната врата и помолих майката природа да престане.

Както се очакваше, тя пренебрегна молбата ми.

***

Неделята беше спокоен ден. Държах се настрана, а Джаспър се отнасяше с мен като за Деня на майката със закуска, обяд и вечеря в леглото. Все още в шок, аз с радост приех ролята на инвалид за един ден и само за един ден.

В понеделник сутринта най-напред се отправих към магазина за смяна на стъкла. Всичко, което трябваше да направя, беше да платя самоучастието и те щяха да го поправят на място.

Телефонът ми иззвъня и това беше офицер Рамзи. Той ме помоли да сляза в участъка: „И да донеса колата си“.

Обясних къде се намирам и защо. Той каза, че колата ми е „обект на разследване“. Каза, че ще остана без кола за няколко дни.

Казах му, че ще дойда възможно най-скоро и напуснах помещението.

По-късно чаках на червен светофар, когато забелязах млада двойка, която вървеше заедно и се държеше за ръце. В другата си ръка държеше чаша кафе. Тя пиеше от зелена бутилка. В един момент бяха щастливи, а в следващия тя пусна ръката му, сякаш беше горещ картоф. Той на свой ред изпусна горещото си кафе и то се разля по панталоните и обувките му.

За миг от секундата той удари дъното на нейната бутилка и тя полетя във въздуха. Тези от нас, които чакаха на светофара, я видяха как се издига. Беше като ракета, която се издигаше право нагоре, високо в небето.

Тя се спусна точно когато младата двойка погледна нагоре.

Тя удари първо главата на жената, рикошира от главата на мъжа и се търкулна по тротоара на улицата.

Излязох от колата си на мига, като по пътя набирах 911. Други ме последваха, излизайки от автомобилите си. Блокирахме цялото кръстовище.

Момичето беше в безсъзнание, а мъжът беше в съзнание.

„Линейката е на път“ - казах аз.

Чухме сирените. Видяхме полицейските коли.

„Какво, по дяволите, правите тук?“ попита Рамзи.

„О, Боже“, отговорих аз.

***

Обясних ситуацията. Този път имаше много свидетели.

След като линейката вкара двойката вътре и изкрещя, полицаите казаха на всички да разчистят района, с изключение на мен. Те вече бяха разговаряли с повечето от свидетелите.

„Арестувате ме?“

Размениха си погледи.

„Все още ли трябва да конфискувате автомобила ми?“ Изтъквах се, бях виждал много полицейски представления.

„Можеш да си тръгнеш към къщи“ - каза Рамзи.

„Знаем къде живееш“ - каза Маршал с усмивка. „Просто не напускай града, добре?“

Засмях се и продължих по пътя си.

***

По пътя към дома нямаше инциденти.

Сложих печеното пиле във фурната, обелих картофите и нарязах няколко зеленчука, като през цялото време си мислех за зелените бутилки, пренасяни по въздуха.

Влязох в кабинета си и набрах в търсачката „летящи бутилки“. Тя ме насочи към един човек в YouTube, който сложил бонбони в бутилка, след което я разбил на земята. Нищо не се случи. Заинтригуван, продължих да гледам. Следващият път, когато я разби, бутилката, след като се сблъска с лицето на човек с камера, се изстреля във въздуха като ракета.

След това попаднах на някои експерименти на Myth Busters, които потвърдиха, че пълната бутилка има потенциала да счупи череп. Напротив, празните бутилки не можеха да го направят □ този мит беше истински разбит от двата скорошни смъртни случая.

Изключих компютъра. Не исках повече да мисля за това.

По даден знак Джаспър влезе. „Всичко е наред, мамо?“

Разказах му за последния инцидент и за експериментите в YouTube.

„Шегуваш се, нали?“

Поклатих глава и отидох в кухнята да разбъркам картофите.

„На всичкото отгоре полицаите, извикани на мястото на инцидента, бяха Рамзи и Маршал. Сигурно си мислят, че съм някакъв джигит“.

„Това е малък град, мамка му, всички сме в бизнеса на другия. Някой записваше ли инцидента на телефоните си?“

От устата на бебетата. Ако го бяха направили, можеше да се зареди в интернет. „Как да го намеря? Какви ключови думи трябва да използваме?"

Върнахме се в кабинета ми и точно там беше.

„Трябва да кажете на офицерите".

Офицер Рамзи отговори веднага. Джаспър му изпрати директната връзка, а аз го запознах с подробностите.

Картофите бяха почти готови, затова излях водата и добавих малко сол и черен пипер.

Джаспър и аз седнахме да вечеряме на фона на звука от телевизора. Имаше актуална информация за двойката, ударена от бутилка. Сложихме приборите си и се приближихме. Дикторът каза, че състоянието на момичето е критично, но за щастие момчето е стабилно.

Вече не бяхме гладни.

***

Не спах много, продължавах да се мятам и да се въртя.

Накрая се предадох и си направих чаша чай.

Стоях, държейки го, и гледах през прозореца към вятъра, който все още духаше и въртеше нещата наоколо. Потръпнах.

В живота ми добрите и ужасните неща винаги се случваха по три.

Влязох в кабинета си и щракнах върху някаква информация за свръхестествени събития, включително и за предчувствия. Всички знаци бяха там. Вселената се опитваше да ми каже нещо.

Но какво?

Знаците подсказваха, че това може да е гневен дух, някой, който е бил убит или убит преди времето си. Някой, който се мотае наоколо и търси отмъщение. Не можех да видя никаква връзка с жертвите. В крайна сметка те бяха напълно непознати.

Започнах да пиша яростно. Изготвянето на списъци винаги ми помагаше да разбера нещата.

В колона номер едно поставих себе си. Свободен. Вдовица. Пенсионер. Един син. Омъжена от тридесет и пет години. Съпругът умира от рак на дебелото черво. Стадий 4. И двамата ми родители са починали. Бях единствено дете. Семейството ни винаги е живяло на място. Генеалогията ни се простираше далеч назад в този район.

В списък номер две поставих Брент Уелч. Той беше на тридесет и три години и беше адвокат. Потърсих некролога му в Гугъл. Бил е неженен. Никога не се е женил. Живял е сам. Семейната му линия също се простираше далеч назад в този район. Как така не се бяхме срещнали преди? Неговите роднини бяха допринесли за превръщането на нашата общност в обитаемо място още в дните на пионерството. Майка му и баща му бяха починали. Той беше единствено дете.

Имахме няколко общи неща. Това ме накара да седна.

В следващата колона поставих Айлин Мани. Тя беше на тридесет и девет години. Имаше сестра близначка на име Естер, която живееше наблизо. Толкова за тази теория. Те имаха местни корени, но те не се простираха толкова далеч, колкото Брент и моите. Айлин беше омъжена, но съпругът ѝ беше починал. И двамата родители на Айлин бяха живи, но се бяха преместили. Дъщерята на Айлин посещаваше същото училище като Джаспър. Странно, че не бяхме пресичали пътищата си преди.

Моите списъци съдържаха малко информация и не бяха абсолютно никаква помощ.

Вече сънена, се върнах в леглото, където в главата ми се въртяха списъци с безполезна информация.

***

Дъждът беше изключително силен, но облаците не бяха на обичайните си места. Вместо това те бяха под мен. Дъждът валеше от земята нагоре. Още един признак за изменението на климата и замърсяването на градската среда?

Изплувах извън себе си, докато краката ми оставаха здраво стъпили в моите Нежни зъбки. Краката ми бяха скрити под цветна многоцветна пола в стил шейсетте години. Тя се развяваше от вятъра и ги разкриваше, като полата се разгъваше и отново се връщаше. На талията ми имаше колан от много дебела, кафява кожа. Беше твърде стегнат, стягаше ме.

Мъртва ли бях?

Притиснах се. Така че не съм мъртва.

Бях облечена в бяла блуза с висока яка на къдрици и огърлица, мъниста, черна, броеница. Прекарах хладните мъниста през пръстите си, опитвайки се да разчета всичко, но не можех да си спомня какво да правя с него.

Вятърът ме вдигна, понесе ме. Понесе ме напред и назад.

Дългата ми коса се спускаше по гърба ми в една стегната плитка.

Тогава стоях на едно парче земя, над облаците. Нямаше много място, където да се движа, без да се страхувам, че ще падна

„Мамо! Мамо! Събуди се! Събуди се, моля те.“

Това беше Джаспър. Бях се върнала.

Изкрещях, когато зелена огнена топка изпепели косата ми и разтопи броеницата. Тя се стичаше по гърдите ми и през пръстите ми.

***

Седнах и погледнах пръстите си, очаквайки да видя зелени кълба, които се просмукват, но те бяха чисти като сълза. Това не беше нищо друго освен лош сън.

Синът ми все още ме викаше. Изтичах в хола и няколко пъти отворих и затворих очи, за да се уверя, че виждам това, което виждам. Каква бъркотия!

Някакво зелено нещо се беше разбило през покрива на къщата ми. По пътя надолу към мястото на последния си покой (мазето) то беше разбило и унищожило всичко по пътя си, докато разпръскваше неоново зелено вещество около дома ми като куче, което маркира територията си. Зеленият нюанс можеше да бъде приятен, ако не беше толкова много и ако не беше разпръснат безразборно.

„Какво, по дяволите?“

„Не го ли чухте?“ Джаспър попита. „Беше като звуков бум.“

Приближих се до дупката. Не бях чул нищо. Бях спал, сънувал. Сега бях буден и безмълвен. Скръстих ръце и погледнах надолу. От нея се издигаше пара. Протегнах дланта си и въпреки че беше на етаж под нас, усетих как се надига топлина. Опитах се да говоря, но нямаше думи.

Джаспър ме гледаше, чакаше да кажа нещо.

Не приличаше на нищо особено, вградено в пода на мазето ми. Не беше кръгло, квадратно или с формата на яйце. Имаше много лица, беше триизмерна, сферична, почти евклидова, солиден додекаедър.

„Не трябва ли да се обадим на някого?“ Джаспър попита, като се наведе през ръба до мен.

„Не съм сигурен на кого трябва да се обадим. Ние не сме пострадали, а къщата. Тя не е призрак, така че екипът за борба с духовете няма да помогне. Не съм сигурен дали Нийл деГрас Тайсън или някое от списанията за наука се обаждат по домовете“.

Джаспър се засмя. „Сигурно ми се иска Стивън Хокинг да е все още наоколо.“

„Мисля, че това по-скоро прилича на Стивън Кинг“ - казах аз.

Бяхме в състояние на шок, но го удържахме с хумор.

„Трябва да слезем там и да разгледаме по-отблизо“.

„Не знам, мамо; нещото излъчва топлина. Чувствам се така, сякаш изгарям от слънцето, докато стоя тук.“

Той беше прав, но аз не бях забелязала, защото горещите вълни на моята възраст бяха норма.

„Ами полицията?“ Джаспър попита, като извади телефона си и направи няколко снимки.

„Не знам как биха могли да помогнат, но поне са на близко разстояние." Ужасявах се от идеята да говоря с офицерите Рамзи и Маршал.

„Направих това - показа ми Джаспър, - когато се изсипа през покрива".

Снимката на нещото в низходящо движение показваше как то се сгъва и разгъва точно преди да се удари.

„Тя е изкривена - каза Джаспър. „Движеше се много бързо."

Набрах номера на полицейското управление и офицер Рамзи имаше почивен ден, затова попитах за офицер Маршал. След като му обясних, той попита: „Това шега ли е?".

След като и преди бях изпращал снимка, сега му изпратих една. Доказателство. Изчаках.

Офицер Маршал попита дали някой е пострадал и аз потвърдих, че е само къщата. Обясних намерението ни да слезем долу и да разгледаме отблизо. Той предложи да го изчакаме и да я проверим заедно.

След като закачихме слушалката, Джаспър и аз отидохме в кухнята и аз сложих чайника.

„От всички къщи на света защо точно нашата?" - попита той.

„Тъкмо си мислех същото, сине." Мислех си и за застрахователната компания и какво ще кажат. Първо счупеното предно стъкло, а сега и разрушената къща. Налях вода в разтворимото кафе и седнахме.

„Ако беше направена от нефрит, щяхме да сме смрадливо богати - каза Джаспър.

„Да, китайците наричат нефрита скъпоценния камък на небето.“

Отпихме и се разходихме наоколо, гледайки надолу, топлината, която се лееше от него. Изгрев. Зачудих се дали не е достатъчно гореща, за да подпали останалата част от къщата. Реших да се обадя на пожарната.

***

Малко след това на вратата ни започнаха да звънят неочаквани гости. Не бяха полицаите или пожарната. Бяха нашите съседи. Те чуха катастрофата, събраха се и дойдоха да разследват (и да видят дали сме добре).

Пробиха си път вътре, като видяха, че и Джаспър, и аз сме добре.

„Тук сигурно е горещо“ - каза Артоа от другата страна на улицата. Той беше известен с това, че казваше проклетите очевидни неща.

„Какво е?“ - попита жена му, надничайки в дупката.

„Твоето предположение е толкова добро, колкото и моето“ - казах аз.

„Полицаите са тук - каза Джаспър и отиде да ги пусне вътре.

„Върнете се по домовете си - изиска офицер Маршал, но никой не помръдна.

Пожарникарите пристигнаха с маркучи в готовност. Те последваха топлината и напръскаха обекта отгоре. Вместо да стане по-хладен, той съскаше и плюеше. Излизаше още пара. Ставаше все по-горещо, до степен да се разтопи от дрехите ни.

„Отдръпнете се! Отдръпнете се!" поиска офицер Маршал. Момчетата, които носеха защитното облекло, не усещаха топлината така, както ние. За секунди те прекратиха водната атака.

Точно тогава пристигна представителят на застрахователната компания: „Уау!" - каза той.

Това беше последното нещо, което чух.

***

Опомних се в леглото с дръпнати до врата завивки, сигурен, че току-що съм сънувал лош сън за зелено нещо, което се спуска през тавана. Излязох навън, за да проверя.

Във всекидневната видях гигантски черпателен апарат, който беше спуснат в дупката с намерението да вдигне зеления кратер от къщата ми. Това звучеше като добър план.

Устата на нещото се отвори, голяма, по-голяма, а след това толкова голяма, колкото можеше да стигне. То влезе под нещото с готови челюсти и се затисна.

„Всички системи в действие!" - изкрещя някой.

Апаратът се завъртя и заскърца. Той изпищя, после се предаде с въздишка и счупена челюст. Металните зъби се огънаха и изкривиха, докато това, което беше останало прикрепено към подемния апарат, беше изтеглено обратно нагоре.

„Какво сега?" Попитах.

„Госпожо - каза офицер Маршал, - защо вие и синът ви не се настаните в хотел за няколко дни? Може дори да имате застраховка, която да го покрие".

„Божие дело“, казах аз.

„Зет ми е застраховател и го попитах за това. Той каза, че повечето полици покриват метеорити, така че ако успеем да определим дали това нещо е метеор, тогава всичко ще бъде покрито.“

„А кой решава какво е или не е?“

„Свързахме се с някой, който може да ни посъветва или да ни насочи в правилната посока.“

Седнах на любимия си стол □ без изключение моето малко парченце мир в хаоса.

***

Когато никой не гледаше, слязох долу, за да разгледам по-отблизо нещото. Докато се приближавах, като че ли се чуваше някакъв звук, бръмчене или жужене, който ставаше все по-силен, колкото повече се приближавах, в допълнение към увеличаването на топлината. Имаше и миризма, която ме накара да сложа ръка на носа си.

Когато застанах до него, ме обзе усещане, че всичко се е обърнало с главата надолу. Всъщност, когато погледнах нагоре, гостите, които стояха във всекидневната, бяха огледално отразени долу, сякаш тялото им беше на горния етаж, а сянката им долу се носеше по пода заедно с мен. Беше странно усещане, сякаш бях там долу, но не бях сам.

Подобните на сенки неща бяха огледални образи със зелени светлини, енергия, водеща към обекта. Изучавах гостите горе и техния аналог долу; когато те се движеха, се движеше и тяхната сенкоподобна енергия.

Заобиколих един от лъчите и се приближих до падналата маса и топлината намаля. Ако следвах модела, използвайки енергиите на сянката, можех да се приближа до падналия обект.

Разглеждайки го по-внимателно, бях привлечен от процепите по повърхността на нещото. Имаха формата на очи, но нямаше зеница, клепач, нито мигли. След като го обиколих, се почувствах замаян.

За да се успокоя, опрях ръка на стената. Следващото нещо, което разбрах, беше, че стената се е изместила и аз се намирах пред къщата си. Стената на мазето ми се беше превърнала в турникет.

Освен тревата, нищо на гърба не изглеждаше така, както би трябвало да бъде. Навесът беше изчезнал, както и стойката за велосипеди и колелото на сина ми. Още нещо, всички къщи на съседите бяха изчезнали.

Започнах да вървя, като ми се искаше да имам въже, прикрепено към къщата, за което да се хвана, в случай че се загубя,

Погледнах нагоре, а там нямаше нито слънце, нито небе. Това, което ги беше заменило, беше само зелено отгоре и наоколо, с изключение на дърветата. Дърветата бяха без клони, само стволове, които се протягаха към небето.

Пощипнах се, за да сс уверя, че съм буден. Бях.

Обърнах се и наблюдавах къщата си. Приближаващият се обект се виждаше, наполовина навътре, наполовина навън.

За миг исках да се върна, докато не ме обзе едно чувство. Прииска ми се да запея и го направих. The Green, Green Grass of Home на Том Джоунс .

Поклащайки се и танцувайки със себе си, сякаш се носех в облак. Тогава в съзнанието ми се мярна една ръка, ръката на съпруга ми Лутър.

Хвърлих ръцете си около врата му, а той направи същото около моите.

Целунахме се и затанцувахме.

Когато песента свърши, той се поклони, целуна ме и изчезна.

Избърсах една сълза.

***

Чувствайки се по-самотна сега, отколкото в деня на смъртта му, аз обвих ръце около себе си и се придвижих към къщата.

Отново се върнах вътре и бях привлечена от предмета, който сякаш се местеше и бръмчеше. Нещо друго, той се въртеше обратно на часовниковата стрелка.

На горния етаж чух писък, последван от трясък. Едно тяло падна през дупката, съедини се с енергията на сянката си, след което се спря на повърхността на обекта. Плътта на мъжа изсвистя и се изплю, докато не остана само Х-образната форма, в която се бяха разпилели ръцете и краката му.

Стомахът ми се сви, докато си проправях път нагоре.

***

Празните лица казваха всичко.

Отидох при Джаспър и попитах кой е мъжът. Той ми обясни, че е бил оператор от местния вестник. Опитал се е да направи най-добрия кадър, но се е навел твърде много.

„Всички навън!“ Маршал поиска. Този път той не приемаше „не“ за отговор.

Джаспър и аз отново имахме дом за себе си, поне това, което беше останало от него.

***

Офицер Маршал и още двама полицаи бяха разположени пред къщата ми.

Пристигнаха още двама полицаи, които бяха разположени отзад.

Те отцепиха района с лента. Накараха любопитните съседи да пресекат улицата.

Джаспър и аз дръпнахме завесите и надникнахме навън точно когато процесията от черни автомобили изсвири и спря. Вратите се отвориха едновременно като в сцена от „Мъже в черно“. Черни костюми. Лъчисти очила.

„О, Боже - каза офицер Маршал. „Мисля, че експертът, с когото се свързахме, може да е довел органите на реда.“

„О, боже, дали някога е имал“ - казах аз.

„Уау“ - възкликна Джаспър, когато съзря единствената жена в антуража.

Тя беше облечена в червен костюм от две части с прилепнало сако и пола над коляното. Под сакото носеше бяла блуза с отворена яка и колие с диамантено сърце. Върхът на визията беше чифт седемсантиметрови червени токчета и подходяща дамска чанта.

Мъжете се сдържаха, докато жената се качваше по стълбите.

Тя очевидно беше лидерът на групата.

Джаспър и аз отидохме до входа, заедно с Маршал и другите двама офицери. Образувахме половин подкова.

Жената показа документите си за самоличност. Беше от Вътрешна сигурност и с нея имаше още един агент. Имаше двама от ФБР, двама от ЦРУ, двама от Департамента за защита на чужденците. Двама от Сикрет сървис.

„Къде е той?" - поиска жената. Името ѝ беше Шарлот Касиди. Тя свали тъмните си слънчеви очила и гарвановата ѝ коса веднага контрастираше със сините ѝ очи. В ръката си носеше предмет, който тиктакаше. „Не е толкова голям, колкото си го представях". Тя се приближи до дупката с протегнато устройство и тя замлъкна.

„Радиационен детектор?" Джаспър прошепна.

Аз свих рамене.

Човекът от ЦРУ, Франк Дюн, продължаваше да слага слънчевите си очила и отново да ги сваля, въпреки че беше вътре. Беше много досадно. Партньорът му, Джейк Флатс, го удари с лакът и му каза да престане. „Госпожо, какво знаете за този предмет?"

„Той падна през покрива ми. Нелепо горещ е. Бръмчи, понякога бръмчи. Опитаха се да използват мотокар, за да го изнесат оттук, той го счупи". Приближих се, като направих движение, за да обясня за X-образната форма, оставена от мъртвеца.

„Няма я“ - каза Джаспър.

„Какво е изчезнало?“ Шарлот попита.

Офицер Маршал се включи. „Един фотограф е паднал вътре и се е стоварил върху нея. Имало е отпечатък от тялото му, във формата на X, но той вече не се вижда“.

„Може би никога не е бил там?“ - каза тя.

„Абсолютно е бил там“, казах аз, „Имаме много свидетели“.

„Господи!“ - каза едно от момчетата от Отдела за защита на извънземните (О.З.П.З.П.О.А.). Казваше се Алекс Грийн и се канеше да слезе и да го види.

Шарлот пое инициативата и предложи групата да се раздели. Тя посочи кой да остане горе и кой да слезе с нея долу. Аз бях включен във втората група.

Алекс Грийн и партньорката му Джеси Филч явно бяха недоволни, че са изключени, но Шарлот сметна, че е най-добре тя и екипът ѝ първи да се доберат до опасността, преди да пуснат останалите.

***

Когато стигнах до долното стълбище, след като вървях бавно, за да мога да мисля по пътя □ понякога да си стар има своите предимства □ се зачудих дали да им разкажа за танца със съпруга ми. Осъзнах, че трябва да го направя, въпреки че всъщност това не ги засягаше.

Веднага забелязах промяна в предмета. В два от отворите, подобни на очи, имаше две истински очи. Цветът им обаче не беше човешки, тъй като на заден план имаше зелени петънца, а на мястото на зеницата имаше нещо огненочервено. Задъхах се и продължих напред.

След като се възстанових, очаквах гостите да се учудят или поне да се заинтересуват от сенките, които се излъчваха от хората на горния етаж. Колкото и да е странно, те сякаш не забелязаха.

Шарлот беше заета да размахва наоколо вече не тиктакащия си тик-так. Тя се приближи до мен. „Какво точно те притеснява в това нещо? На мен ми се струва напълно безобидно.“

От това да кажа нещо, за което щях да съжалявам, ме спаси П. Г. Уилоу („Пингвин“ накратко) □ представителят на Националната сигурност. „Проявете малко чувствителност, нали? Къщата на тази жена е била нападната и разбита на парчета.“ Той направи пауза: „Замисляли ли сте се, че тя може да се излюпи?“.

„Дори не е във формата на яйце“ - отвърна Шарлот, след като се подигра.

„Яйце, каквото го познаваме“ - отвърна Пингвинът.

Шарлот извърна очи.

„Това, което ме притеснява - казах аз, опитвайки се да не звуча прекалено ядосано, когато се чувствах ядосана, - е не толкова това нещо, а всички вие, които се шляете из дома ми. Защо изобщо сте тук? Защо тук не са момчетата от Департамента за защита на извънземните, а не ФБР, ЦРУ и Вътрешна сигурност?“

„Много е горещо - предложи на Шарлот контрагентът от Вътрешна сигурност. Казваше се Брад Хит и умееше да заявява кърваво очевидното, както беше направил съседът ми.

Завъртях се наоколо, опитвайки се да привлека вниманието към сенките. Влизах и излизах от тях. Нищо.

Само аз ли ги виждах?

„Какви са тези пролуки на повърхността?" Хит попита.

Придвижих се и го попитах кои са те. Чудех се какво може да види и какво не може да види. Той каза, че това са стотици или хиляди празни, изглеждащи като процепи неща. После протегна ръка и щеше да докосне нещото, ако не го бях спрял навреме.

„Опитваш се да се самоубиеш?"

Шарлот се вмъкна: „Мисля, че видяхме достатъчно. Нещото трябва да се охлади. Обади се на пожарната. След като го охладят, ще можем да го изкараме оттук. Лесно, лесно."

Разказах ѝ какво се случи, когато пожарната се опита да направи това.

Шарлот заговори директно в телефона си: „Въпросният предмет се нагрява, когато върху него се излива вода. Повтарям, той се нагрява, а не се охлажда, когато върху него се излива хладка вода." Тя прекоси стаята. Всички я последвахме.

„Чакайте малко", каза Хит. Всички зачакахме. „Няма значение", каза той.

Шарлот и антуражът ѝ си тръгнаха, след като ни дадоха конкретни инструкции:

#1. Никой нов не се допуска в къщата.

#2. Никакво публикуване на каквото и да било в социалните мрежи или където и да било другаде без нейно разрешение.

След това си тръгнаха, с изключение на двама.

***

Останаха Алекс Грийн и партньорката му Джеси Филч. Двете момчета от Отдела за защита на извънземните.

„Мамо, може ли да си поговорим?“

Извинихме се и влязохме в кабинета ми.

„Мамо, мисля, че тези две момчета са идиоти.“

„Джаспър, какво да кажеш.“

„Мисля, че трябва да се обадим на някого, на експерт. Като Сам и Дийн от „Свръхестествено“. Те ще знаят какво да правят.“

Поклатих глава. „Е, Джаспър, те са измислени герои.“

„Знам, мамо, но в реалния живот трябва да има такива момчета“.

„Защо не се поровиш в мрежата и не видиш какво можеш да измислиш?“

Оставих Джаспър в кабинета ми и отидох да намеря Алекс и Джеси. Те носеха някакво странно защитно облекло, включващо униформи и маски, а с оръжията, които носеха, приличаха на Ловци на духове.

Очаквах да ги поведа, но вместо това последвах момчетата. Те влачеха толкова много допълнителни неща, тръби и приспособления. Едно от момчетата тичаше.

Момчетата работеха добре заедно, със странна осмоза. Единият знаеше какво мисли другият, преди да го съобщи.

Приближиха се до обекта и със защитни ръкавици поставиха ръцете си върху него. Костюмите им свършиха работа □ отначало. Размениха си погледи и си подадоха един на друг палци.

Приближих се малко повече, като усетих странна миризма. Нещо гореше. Първо се запали ръкавицата на Джеси, а след това и тази на Алекс. Те се затичаха към мивката и с другата ръка откъснаха разпадналите се ръкавици. Ръцете им бяха изгорели, но не беше толкова лошо, колкото можеше да бъде.

„Уау!" Джеси каза, след като свали маската си. „Този кучи син е по-горещ от ада."

Този изблик на истина ме накара да се засмея, докато Алекс сваляше маската си. „Забелязахте ли това нещо?

Двамата мъже се погледнаха един друг, а след това и към мен. Не бях сигурна за какво говорят, затова замълчах.

„Да - каза Джеси. „Очите."

Бях изненадана, че могат да ги видят, и го казах.

„Чакай малко" - каза Алекс. „Искате да ни кажете, че ги виждате без никаква очна екипировка?" "Не, не.

Кимнах.

„Какво друго можете да видите?" Джеси попита.

Поколебах се и казах, че ще се върна веднага. Те отново си сложиха качулките и аз се качих горе, за да демонстрирам енергията на сенките. Изчаках, очаквайки да чуя нещо от тях, например вик на възторг, но не чух нищо."

„О, вие се върнахте" - казаха те.

„Забелязахте ли нещо?"

„Мога ли да използвам банята ви?“ Алекс каза и се качи горе.

Джеси си сложи качулката и когато Алекс се върна, те си размениха погледи.

„Значи виждаш сенките?“

„Прокарваме ръцете си през нея“ - призна Джеси. „И също така го разчетохме.“

Приближих се. „Е, не ме дръж в напрежение.“

„Това е сияние на йонизиран въздух, атоми на Ридберг, оттам и зеленият оттенък“ - каза Алекс. „Трудно е да се обясни, тъй като обикновено се появява само в космоса или на места като полярното сияние. Изключително рядко е, имам предвид, че е нечувано да се появи в нечие мазе“.

Устата ми беше зейнала. Затворих я.

„На основата на алуминий“ - обясни Джеси. „Не е токсичен или опасен. Смятаме, че предметът е тук случайно, от много, много далеч. Като се имат предвид огромните му размери и форма, да не говорим за теглото му, изпращането му обратно няма да е лесно. Всъщност вероятно не разполагаме с технологията, за да го направим“.

„Имам нужда от едно питие“, казах аз.

Докато се качвах нагоре, Джеси попита: „Ами стената?“

„Ако приемем, че тя може да я види“ - каза Алекс.

Престорих се, че не съм ги чул, и продължих. След това хвърлих обратно един шот уиски.

„Мамо?“

„В кухнята съм, любов.“

„Намерих две момчета, като Сам и Дийн. Те пътуват сега тук, на около четиридесет и пет минути път, като използват GPS-а си. Надявам се, че нямаш нищо против, но им предложих текуща сметка. До сто долара, за да покрият разходите си“.

Усмихнах се. „Това е добре.“

„Те имат уебсайт и много препоръки и опит в областта на свръхестественото, окултното и извънземното“.

„Добре, Джаспър. Уведоми ме, когато пристигнат. Междувременно аз ще занимавам двамата гости долу“.

„Добре ли си, мамо? Изглеждаш малко уморена?“

„Уморена съм, но в същото време съм развълнувана от това.

„И аз!“

***

Върнах се в мазето, като потвърдих, че мога да го видя.

„Минахте ли през него? От другата страна?“ Джеси попита.

„Отидох и се облегнах на стената така“. Показах и отново преминах направо през нея. Момчетата вече бяха облечени и ме последваха.

„Какъв е въздухът?“ Джеси попита.

„Свеж и красив“.

Те свалиха маските си.

„Кога за първи път забелязахте празнотата?“ Алекс попита.

„Всъщност не, просто се натъкнах на нея случайно.“

„Изглежда много странно с цялото това зелено небе“, каза Алекс. Той докосна тревата, каза, че се усеща изкуствена.

Вървяха в посока, обратна на тази, в която бях отишъл преди. Аз вървях плътно след тях. Вървяхме доста време, като внимателно се вслушвахме в тишината. „Защо, момчета, го нарекохте празнота?“

„Той просто се шегуваше“ - каза Джеси. „Празнота е това, което наричат нещо подобно в света на игрите или виртуалната реалност. Все още не сме сигурни какво е това, но ни се струва, че този свят е светът, от който произхожда вашият предмет.“

„Всъщност“ - добави Алекс. „Това нещо би било маскирано тук, като хамелеон.“

Чух силно свистене. Интересно е да се отбележи, че на това друго място можех да чуя звуци от вътрешността на къщата си. Алекс и Джеси не реагираха на звука, докато аз се върнах до входа и влязох направо. Момчетата бяха по петите ми, но не влязоха. Протегнах ръка в празнотата (поради липса на по-подходяща дума) и после я дръпнах обратно. Беше изпълнена със зелена субстанция, подобна на желе. Влязох отново с двете си ръце, протягайки отчаяно ръце към Джеси и Алекс. Изкрещях имената им през стената и дори се опитах да се изтласкам отново през нея, но нямах късмет.

Джаспър прошепна гръмко.

„Доведи ги тук, Джаспър, мисля, че имаме нужда от тяхната помощ □ СЕГА“.

***

Нашите Сам и Дийн бяха две млади момчета, едва ли по-големи от Джаспър. Бяха натоварени с оборудване, докато си проправяха път надолу по стълбите. Най-високият от двамата беше с руса коса и се казваше Бърт (съкратено от Албърт), а вторият младеж, който беше с прическа в армейски стил, се казваше Лео (съкратено от Галилео).

След като разменихме няколко любезности, обясних за изчезналите агенти и за празнотата.

Лео заговори в микрофона, който имаше на телефона си. Той описа обекта, включително размера и размерите му. Помоли ме да обясня как работи празнотата.

Бърт се приближи до зеления обект, за да го разгледа отблизо. Той протегна ръка и докосна обекта, преди да успея да го спра. „Това е напълно готино" - каза той. „Имам предвид температурно. Като се има предвид описанието му от Джаспър по-рано, бих казал, че нещо е направило късо съединение".

Самият аз го докоснах; усещах го изключително гладък и хладен. Потърсих чифт очи, но без никакъв успех. Замислих се за сенките и помолих Джаспър да изтича нагоре по стълбите, за да мога да го проверя. Нищо. Бърт и Лио ме наблюдаваха внимателно.

„Мисля, че който и да е собственик на това нещо, трябва да има влекач към него".

„Би трябвало да кажем, че е имал трактор" - каза Бърт. „Защото изглежда, че се е повредил."

„Мога ли да слиза сега?" Джаспър попита.

Извиних се, че съм забравил за него.

„Момчетата от другата страна, как се казват?" Лео попита.

Извикахме към тях. Нищо.

„И така, това нещо с тракторния лъч - казах аз, - спря да работи, така че как да го поправим? И ако го поправим, ще могат ли да го навият отново?" "Не, не.

„Ако успеем да накараме празнотата да се отвори, тогава да прокараме обекта през нея" - каза Лио.

„И да върнем момчетата обратно" - добави Джаспър.

Все още щях да имам огромна дупка в покрива си, но тогава поне щях да мога да я поправя.

Заедно четиримата застанахме от едната страна на обекта. „На броене до три - каза Бърт и го бутнахме с всичко, което имахме.

„Това беше умна идея", каза Бърт, когато не успяхме да го изместим и на йота. Той се поколеба за момент и след това попита: „Когато бяхте от другата страна, усетихте ли някаква опасност?".

Замислих се. Не бях и го казах. „Едно нещо", признах аз. „Джаспър, това ще бъде шок за теб. Надявах се да ти го кажа насаме."

Обясних за танца със съпруга ми. Разтревожена, попитах Джаспър какво мисли за това. Той каза, че просто му се иска да е бил там с мен.

„Питаше ли за мен?"

Искаше ми се да го беше направил, но не го беше направил. Всичко се случи толкова бързо.

„Нека да изясним едно нещо", прекъсна го Алекс. „Това не беше твоят съпруг. Беше проявление на съпруга ти. Свръхестествените същества могат да четат мисли, някои могат да предизвикват духове и дори да възпроизвеждат живите“.

„Но той се чувстваше истински, дори миришеше истински.“

„Точно това искат да си помислите“, каза Лео.

Отвън чух как автомобилните гуми спират.

„Върнаха се“ - казах, докато се придвижвахме към входната врата.

„По дяволите“ - казаха Лио и Бърт. „Имаме право да сме тук. Няма да ходим никъде.“

Отворих вратата.

Застанахме твърдо на мястото си с мощно чувство за цел и решителност, че няма да се помръднем.

***

Този път начело на групата не беше Шарлот. Вместо това беше президентът.

Той беше по-висок от всички останали, облечен в дебел шинел, който беше подчертан с чифт кожени ръкавици. Бодигардовете му се държаха близо до него, говореха по микрофони и нагнетяваха видима топлина.

„Господин президент - казах аз с реверанс. Той протегна ръката си без ръкавици. Представих го на Джаспър, после на Бърт и Лео. „Добре дошли в моя дом, господин президент.“

Той поклони глава, влезе вътре и попита: „И така, през къде минаха?“.

Откъде знаеше? Дали са подслушвали къщата ми? Бях раздразнен и го казах.

Шарлот излезе напред с протегнат телефон и натисна „play“. На телефона ѝ имаше съобщение от Джеси и Алекс.

„Свята крава!“ Бърт възкликна.

„Защо не се сетихме за това?“ Лео попита.

„Не бихте го направили сега, нали?“ Шарлот каза с непривична арогантност, за която повдигнатите вежди на президента показваха, че не му е приятно.

„Следвайте ме - казах аз и ги поведох към мазето.

„Чакай малко“, каза президентът. „Как така това нещо вече не излъчва топлина?“ Той се обърна към Шарлот. „Мислех, че казахте, че е нагорещено до червено.“

Шарлот разбра, че президентът е прав, и помоли за актуална информация.

„Изглежда, че това се е случило, когато момчетата навлязоха в празнотата“ - предложих аз.

„Обади им се отново“, нареди президентът, Шарлот опита, но те не отговориха.

Бърт каза на президента: - Тъкмо обмисляхме възможността да изкараме нещото оттук, след като вече е хладно. Ако успеем да отворим празнината и да вкараме момчетата и то да излезе, това може да се счита за размяна на добра воля“.

„На кого?“ - попита президентът.

„На този, който го е изпратил тук“, каза Лио.

„Моля те, разкажи ми повече“, каза президентът и скоро Шарлот и нейното обкръжение също се бяха събрали наоколо и слушаха.

„Смятаме - каза Лио, - че на когото и да принадлежи това нещо, то трябва да е имало влекач към него. Смятаме, че тракторният лъч се е повредил □ но и в двата случая трябва да измъкнем тези две момчета, преди да се е включил отново.“

Президентът стисна ръката на Лио и Бърт. Той се обърна към Шарлот. „Наемете тези двамата.“

Момчетата бяха поласкани, но отказаха предложението му, след което обясниха миналите си преживявания със свръхестественото, окултното и извънземното. Те разказаха на президента за своите над пет милиона посещения в YouTube и милиони последователи в социалните мрежи.

„Е, сега, това е много впечатляващо“ - каза президентът. Ръката му се плъзна в джоба, той извади две визитни картички и ги даде на момчетата. Те от своя страна му дадоха своите визитни картички.

„А сега да пристъпим към разглеждането на въпроса - каза президентът. „Как да си върнем нашите момчета и то незабавно.“

Облегнах се на стената, както бях правил и преди, и се надявах да премина, но този път не се получи.

***

Успяхме да преместим зеления обект съвсем леко, така че да е на позиция, ако празнотата се отвори.

„Всичко, което можем да направим сега, е да чакаме каза президентът. След това извика Шарлот, благодари ни, че сме били изключителни граждани, и направи предложение да отпътуваме.

„Мога ли да ви помоля за услуга?“ Бърт каза.

„Разбира се“, каза президентът.

„Можем ли да си направим селфи за нашия уебсайт?“

Президентът каза: „Няма проблем“ и те си направиха няколко.

Качихме се на горния етаж и зачакахме знак. Какъвто и да е знак.

***

Денят се превърна в нощ.

Навън вятърът свиреше и дрънчеше по керемидите на покрива, сякаш се състезаваше сам със себе си. Затворих очи, потръпнах, погледнах и нагоре през пролуката на тавана и забелязах лъч светлина в звездната, звездна нощ.

Задъхах се и скоро всички стояха близо до мен и гледаха нагоре.

„Уау!“ Лео възкликна. „Мисля, че това е тракторният лъч.“

„Говорим за телеграфен лъч, Скоти!“ Бърт каза.

Тракторният лъч се спусна, промъкна се през дупката и слезе в мазето, където се закачи за зеления предмет. Тракторният лъч също беше зелен, но трептеше и се поклащаше, докато се протягаше и хващаше нещото.

След като се захвана здраво, той сякаш спря, а после включи двигателите. Звукът беше оглушителен и всички запушихме ушите си, докато той вдигаше обекта първо от стената, а след това бавно, но сигурно в небето.

Не можехме да откъснем очи от него. Можеше да сме в опасност □ все пак не можехме да отвърнем поглед. Той се издигаше все по-високо и по-високо и навлизаше в нощното небе. Излязохме навън, за да видим повече от това, което беше в другия край, но от всички гледни точки не се виждаше нищо, освен лъча на зелената линия, която отнасяше обекта.

След като той напълно изчезна, толкова високо, че беше невидим с просто око, останахме заедно да стоим мълчаливо, докато не казах: „Добре, обектът изчезна, но какво ще правим с Алекс и Джеси? Те все още са в капан в празнотата.“

„Предполагам, че се нуждаем от план Б“ - каза Лио.

„Ще оставим това на теб“ - каза Шарлот, като натисна бързото набиране на телефона си и попълни информацията на президента, след което обяви случая за приключен. „Тук няма проблеми със сигурността, нито извънземни“. Тя и антуражът ѝ опаковаха багажа и се отправиха към автомобилите си.

„Чакай малко!“ Извиках. „Нима дори не те е грижа за твоите хора?“

„Странични щети“ - каза Шарлот, докато затръшваше вратата на колата си. Те потеглиха.

„Предполагам, че всичко зависи от нас“, казах аз.

Бърт и Лео се спогледаха.

Бърт каза: „Съжалявам, но не знаем какво да правим и как да си ги върнем. Ние също ще тръгнем, за да си починем малко. Ще ви се обадим на сутринта, ако се сетим за нещо“.

На Джаспър и на мен не ни беше забавно. Сега, когато обектът беше изчезнал, всички си тръгваха. Изоставят ни.

Джаспър отиде в стаята си, а аз се облякох в пижамата си, като непрекъснато мислех за изчезналите мъже. Опитах се да се разсея, като прочетох мистериозен роман, но мистерията точно под собствения ми покрив изискваше вниманието ми. След два часа мятане и въртене станах, за да си направя чаша чай.

Ако знаех, че ще дойде компания, щях да си облека домашния халат.

***

Отпивайки от чая, чудейки се как да разреша дилемата, се загледах в звездите, докато една сълза се стичаше по бузата ми. Двама мъже бяха изгубени някъде в пустотата, без семейство, без приятели, без държава. Те са били смели граждани. Заслужаваха нещо по-добро.

Взех една шоколадова бисквита и се канех да я отхапя, когато забелязах блестяща зелена звезда. Зелена звезда? Разтърках очите си, но тя все още беше там и ми намигаше. Излязох навън, за да разгледам нощното небе.

Това не беше звезда.

Тя се движеше, падаше бързо в моята посока, ставаше все по-голяма и по-голяма.

„О, не!“ Извиках към никого. След това извиках Джаспър и той излезе навън и се затича. Посочих нагоре, докато обмислях бърз ход, ако трябваше да се измъкнем от пътя му.

Когато разстоянието между тях и нас намаля, не можахме да сдържим вълнението си и подскочихме от радост, когато нещото спря и те бяха там.

Два черни чадъра се отвориха, Алекс и Джеси се хванаха за по един и започна спускането им към нас. Облечени в костюми от светлоотразителен материал, Алекс и Джеси падаха леко към нас.

След като се приземиха плавно, двойката посегна към вътрешността на костюмите си и извади две зелени бутилки. След като обърнаха горната част, те изпиха съдържанието им. Те излязоха от костюмите си, разкривайки дрехите, с които бяха тръгнали. Вкараха бутилките обратно вътре и ги прикрепиха към чадърите.

Тракторният лъч се закрепи за чадърите и костюмите. Махнахме с ръка, докато обектите се изтегляха към небето, и ги наблюдавахме, докато не ги видяхме повече.

„Добре дошли обратно!" Джаспър и аз възкликнахме.

„Мога да убия една чаша чай!" Алекс каза.

„Аз бих предпочел шот уиски" - каза Джеси.

„Кои бяха те?" Попитах. „Или трябва да кажа КАКВИ бяха?"

„Всичко в подходящо време" - казаха в унисон двамата ни завърнали се герои. „Но първо трябва да хапнем бисквити и напитки".

Те се приспособиха към това, че са се върнали, докато аз поднасях храната. Седнахме заедно на масата за вечеря и отпихме. В очакване. Те нямаха какво да кажат. Нямаше въпроси към нас, въпреки че масивният зелен предмет вече не беше в дома ми.

Търпението ми започна да се изчерпва, затова ги помолих да ни разкажат какво се е случило.

„Беше кратка ваканция - каза Алекс.

„Да, платена ваканция" - каза Джеси.

Аз се изправих. „Какво имаш предвид? Къде бяхте? Кой те беше взел? Бяхте ли в затвора? Какви бяха те? Как ги убедихте да ви изпратят обратно?" Седнах отново.

Джаспър продължи: „И какво беше онова зелено нещо? Защо беше тук? Някой ли си е набил задника, че го е изпуснал?"

Мъжете се гледаха един друг с празни лица. Нямаха представа за какво говорим. Говорим за безпомощност.

„Мамо, мисля, че извънземните са им изтрили съзнанието."

„Съгласен съм. Говорим за чиста страница."

Нямаше какво друго да кажем или да направим, освен да заспим. Джеси легна на дивана, а Алекс - на стола La-Z-Boy.

Алекс скочи. „О, преди да съм забравил."

Джеси също скочи. „Да, имаме нещо за теб."

Джаспър и аз се спогледахме, сякаш бяха подканени или шокирани.

Джеси извади от джоба си зелено блестящо куфарче. То затрептя, когато го взех в ръка, и се почувства много хладно. Отворих го и изтръпнах. Вътре беше медалът на съпруга ми „Свети Христофор". Този, който му бях подарила на първата годишнина от сватбата ни.

Алекс подаде подобен предмет на Джаспър. Вътре беше часовникът на баща му. Джаспър го сложи направо на китката си. „Каза ли нещо за мен?"

Алекс каза: „Той те вижда всеки ден, и двамата. Вярно е това, което казват, че тези, които обичаме, никога не са далеч от нас."

И Алекс, и Джеси скочиха този път в унисон. „Трябва да тръгваме.“

„Какво сега?“ Попитах. „Добре ли сте, момчета?“

„Да“, казаха те заедно. „Имаме нещо, което трябва да предадем на президента. Сега.“

Една кола спря отвън и те тръгнаха.

***

„Трябва сами да му го доставим“ - поискаха Джеси и Алекс.

Беше посред нощ, но президентът се съгласи да ги приеме.

Когато влязоха в Овалния кабинет, президентът беше седнал и носеше копринения си халат.

„Какво имате вие двамата за мен?“ - попита президентът.

Джеси и Алекс заедно му представиха предмета. Това беше изключително голямо зелено копче. На него имаше следните думи: „Натиснете ме. ПРОСТО ГО НАПРАВЕТЕ.“

„Какво ще се случи?“ - попита президентът.

„Не знаем.“

„Трябва да попитам някого, някой от моите съветници. Не мога просто да...“

„Но вие сте президентът“, каза Джеси.

„Да, можеш да направиш всичко, нали?“

Президентът постави зеления бутон на бюрото си до червения. Заедно те изглеждаха доста коледно.

Джеси и Алекс казаха: „Навън. Навън. Навън.“

„Добре, момчета, добре“, каза президентът. „Хайде да вървим.“

След като излязоха навън, президентът нямаше търпение да го натисне и го направи.

Небето се превърна от синьо в зелено, докато тракторен лъч покри страната от бряг до бряг, като изкара всеки един AR-15.

ЕПИЛОГ

Далеч, далече, на планетата със зелено небе и зелена земя, но където дърветата бяха само дънери, извънземните преработиха земните материали, които бяха събрали.

AR-15 бяха превърнати в клони.

Бутилките бяха закачени на клоните и свиреха на вятъра.

Чадърите осигуряваха защита от дъжд и слънце.

Когато извънземните имали нужда от още AR-15, те запалвали бутона и президентите винаги го натискали.

DARRYL И МЕН

В същия ден, в който разбрах, че съм бременна, съпругът ми почина.

Намирам се във военна зона. Не съм сама. Бебето ми е с мен, вътре в мен.

Кръстосвам ръце над бебето си, предпазвайки го, докато вървя по улицата, а около нас избухват бомби. Опитвам се да намеря подслон за нас, но бомбите стават все по-близки и по-близки.

Изгубена съм, но не се страхувам. Детето ми рита ръката ми за успокоение. Свързваме се заедно, докато останалата част от света се взривява.

Спирам и се оглеждам в огледалото в центъра на улицата. Облечена съм в яркочервена рокля с подходящи червени обувки и черни чорапи. С пръсти разрошвам косата си, посягам към чантата си за малко червило. Правя отпечатък от целувка върху стъклото, след което отмятам глава назад и си правя селфи. Публикувам го в Instagram. Или се опитвам да го направя. Не съм сигурна дали имам достатъчно барове.

Чувам писък на сирена. Идва в моята посока. Тя се насочва към огледалото. Протягам ръка, за да го хвана, но една ръка сграбчва моята. Изкрещя. Сирената крещи.

„Влезте вътре. Ядосана ли си? Влизай вътре!" - казва шофьорът на линейката на език, който не знам и не разбирам. За щастие има субтитри.

Колебая се, преди да се кача вътре. Трябва да намеря Дарил. Дарил е някъде тук и нашето бебе се нуждае от баща си. Дарил ме търси и ние го търсим. Детето ни е магнит. Радарът. GPS.

Отмятам глава назад и извиквам името му силно и ясно: „Дарил!" Вслушвам се и после викам отново. Извиквам името му и се вслушвам. Шофьорът на линейката казва, че съм луд, и пуска колата си на заден ход.

Линейката се удря в огледалото и избухва бомба. Навсякъде летят парчета.

По парчетата стъкло има ужасно много кръв.

Събуждам се и крещя.

***

След смъртта на Дарил всяка нощ сънувах един и същ сън. Продължавах да преживявам как се е случило, въпреки че не бях там. Беше рутинна операция като част от мироопазващите сили на ООН.

Това е механизъм за справяне, това да го сънуваш, да го живееш. Опитвам се да намеря мъжа, когото обичам, когато го погребахме. Погребението беше красиво. Толкова се гордеех с Дарил. Той отдаде живота си за каузата и аз го разбирам. Възхищавам му се за неговата отдаденост, защото тя го направи по-добър човек.

Завесиха знамето над ковчега му. Хвърлих две шепи пръст в земята, след което паднах на колене и се разплаках. Майка ми и други хора, включително мои приятели, се опитаха да ми помогнат, но аз ги прогоних с викове. Исках да остана насаме с Дарил. Исках да му кажа за бебето.

Нашето бебе.

Нямаше да си тръгна, докато не ми се отдаде възможност да се сбогувам. Легнах до отворения гроб по корем, като подпрях глава на ръцете си. Казах му колко много го обичам и се сбогувах, преди да го целуна и да се изправя на крака.

Мама беше до мен, а тогава и Мони. Всяка от тях взе по една от ръцете ми и ме дръпна отново. Запътихме се към колата.

По пътя към дома усетих присъствието на Дарил. Ръцете му се увиха около мен. Космите по предмишниците ми се надигнаха, усещах мириса му. Усещах го.

После го нямаше.

Вкъщи, отвътре на вратата, ме чакаше кутия с продълговата форма и панделка в средата. Исках да попитам какво прави там, но скръбта в стаята ме отблъсна. Прелитах от човек на човек, приемайки техните клишета от рода на „много съжалявам“ и „с времето ще се оправи“. Обичайните глупости след погребение.

След като си отидоха, се почувствах празен.

Мама ме сложи в леглото, както правеше, когато бях малка.

След като затвори вратата след себе си, вдигнах стиснати юмруци към небесата, че са взели Дарил.

След това паднах на колене в знак на благодарност за нашето бебе, което растеше в мен.

***

Събуждам се, взирайки се в празното пространство до мен, избърсвайки слюнката от ъгълчетата на устата си. Звънецът на вратата звъни. Отхвърлям завивките и стъпвам на пода. Преди още да успея да изляза от стаята ни, майка ми връхлита върху мен с широко разтворени ръце.

Трябва да я помоля да ми върне този ключ.

„Толкова се притеснявах“, казва тя, прегръща ме, стиска ме и ме кара да се чувствам отново като малко момиче. Отдръпва се и поглежда лицето ми.

Отмятам косата си зад лявото ухо и се опитвам да се усмихна. Насочвам се към кухнята и когато стигам там, пълня кафеварката с вода. Отварям съдомиялната машина, за да се занимавам, докато кафемашината плющи зад мен. Майката затваря вратата на съдомиялната, натиска необходимите бутони и ме запраща на стола, където не ми дава друга възможност, освен да седна.

Тя е на мястото на Дарил, а аз не съм на ничие място. Когато осъзнава това, тя се премества на другия, ничий стол. Скача преди да успея и налива кафето. Добавям сметана и захар в моето и отпивам. Една глътка е достатъчна. Тръгвам към банята. Забравих, че кафето предизвиква сутрешно гадене при няколко от моите приятели.

Когато се връщам в кухнята, майка е приготвила чаша чай от лайка без кофеин. Той е предназначен да ме успокои.

Сядам и отпивам от горчивата, гореща напитка и гледам как майка ми се движи из кухнята като човек с мисия. „Правя ти тост", казва тя, когато той се появява почти по команда. Майка използва ножа, за да разкашка коричките, още един спомен от времето, когато бях малка. След това намазва маслото и се обръща, за да ме погледне.

Мама добавя малко сладко от ягоди и отива в хладилника. Изважда блокчето сирене, което натрошава върху тоста ми. Поставя го обратно върху тостера (със страната със сладкото и сиренето, обърната нагоре.) Натиска бутона надолу, за да може тостът да се загрее за няколко секунди.

Това е още един ритуал от моето детство и аз съм й благодарен, че е тук.

Мама нарязва препечения хляб на триъгълници и не мога да повярвам колко прекрасен е вкусът му, когато го отхапвам. Изяждам и двете филийки, а след това отпивам още малко чай, тъй като сега вкусът му не е толкова горчив, откакто тя е сложила няколко капки мед. Тя си мисли, че не съм забелязала.. Хващам ръката на мама и ѝ благодаря още веднъж.

Бебето вече не е гладно.

Майката на бебето вече не е удобно изтръпнала.

Бабата на бебето вече не се чувства безполезна.

Майката почиства, бърборейки за това и онова. Слушам, без да оценявам усилията ѝ да отвлече вниманието. Позволявам ѝ да мисли, че тактиката ѝ за отвличане на вниманието работи.

Честно казано, не мога да се справя с мисълта и темпото ѝ. Имам чувството, че я слушам под водата.

Тя се смее. Скачам. Връщам се оттам, докъдето е пътувал умът ми. За миг съм отишъл някъде. Усетих как си отивам.

Бях малко момиченце, което се криеше под стълбите. После се изкачих по стълбите и влязох в килера, където беше много тъмно. Ръкавите от ризата на баща ми се движеха. Изтичах навън, издавайки скривалището си. Хванаха ме.

„Спомням си онова време - казва майка и ме връща в настоящето. Сякаш тя разказва историята за първи път. „Когато беше малка, ти криеше коричките. Преди да започна да ги мачкам с нож, ги намирахме в джобове, в саксии. Ах, тези в саксиите. Те попиваха водата и убиваха някои от растенията, преди да разберем какво правиш“.

„Убиваше растенията“, имитирам аз.

Тя идва при мен, коленичи и ме пита: „Добре ли си, любовчице?“

Почти се разсмивам на нелепия ѝ въпрос, но се улавям, преди да го направя, преди да кажа: „НЕ, НЕ СЪМ, КРАДЕНА, НАПРАВО“. Дарил. Господи, Дарил. Отдръпвам стола назад, като създавам пространство между мен и майката, и се изправям. Аз съм като зомби. Не ми е нужно да се храня с човешка плът. Искам Дарил. Усмихвам се, когато повтарям в главата си „трябва да се храня, трябва да се храня, трябва да сс храня“.

Сега, когато се изправям, трябва да се движа. Краката ми искат да вървят нанякъде, накъдето и да било, но се оказва, че правя точно обратното. Сядам отново. Майката прави същото. Тя отпива от чашата си с кафе, която вероятно вече е ледено студена.

Аз се изправям и казвам: „Уморена съм.“ Въпреки че току-що съм се събудила, знам това. Тя го знае. И все пак ми е все едно. Връщам се в нашата стая, в моята стая, а майка ми ме следва. Когато ме настига, тя поставя дясната си ръка на бедрото ми, сякаш трябва да ме води. Сякаш мога да се изгубя по пътя.

На вратата се обръщам с лице към нея. В очите ѝ има сълзи, но те не се разливат. Тя знае какво е чувството да загубиш съпруг, защото е загубила татко, но това не е същото. Те са имали цял живот заедно. Имали са се тридесет и седем години, преди татко да умре. Ние бяхме женени само от две години и половина. Дарил никога няма да види сина или дъщеря си. Искам да го кажа, но не го правя.

Мисля, че тя знае какво мисля, макар че не знам със сигурност. Това е онова нещо на осмозата между майка и дъщеря. Тя ме целува по челото, докато ме слага в леглото. Излиза и затваря вратата след себе си.

Отново ставам от леглото, отивам до огледалото и се оглеждам. За четиридесет и осем часа съм се състарила с десет години. Въпреки че през по-голямата част от времето съм спала, торбичките под очите ми са огромни. Изглежда сякаш съм плакала през цялото време, но истината е, че сълзите вече са ми свършили. Лицето ми вече не прилича на мен. Чужда съм дори на самата себе си.

Пускам малко вода и я плискам върху лицето си, преди да накисна топла вода в кърпата за лице, тази на Дарил. Държим я над себе си, за да го вдишаме.

Намирам неговата кърпа за баня, събличам дрехите си и я увивам около себе си. Тя ме обгръща и ме стопля, сякаш съм в прегръдките му. Седя така сякаш цяла вечност. Сякаш той ме държи. Не текат сълзи. Не са останали сълзи, които да изплача. Сякаш Даръл се е обгърнал около нас. Държи ни заедно, тримата - Дарил, бебето и аз.

Почукването на майката на вратата ме връща в настоящето. Сигурно съм заспала. Изправям се твърде бързо, когато вратата се отваря. Хавлията на Дарил пада на пода.

Майката и съседката влизат в стаята, а аз навреме грабвам кърпата на Дарил и скривам голотата си. Започвам да се кикотя и не мога да спра.

Майката и изглежда притеснена. Очите на съседката изхвръкват направо от главата ѝ. Скоро ще се обадят на мъжете в белите прилепнали якета да дойдат и да ме приберат, ако не се съвзема.

***

Денят на моята сватба е и аз вървя по пътеката към олтара на ръката на баща ми в една голяма църква. Знам, че сънувам, защото татко никога не ме е водил до олтара. Той вече беше мъртъв, когато се оженихме с Даръл, а с Даръл не се оженихме в църква. Песента на Елтън Джон „Твоята песен" е нашата песен. Искам да кажа, че това беше песента на Дарил и на мен.

Всъщност предпочитахме версията на Юън Макгрегър, тъй като обичахме „Мулен Руж“.

Двамата с татко поздравяваме тези, които виждаме по пътя. Баба Елинор, която е мъртва, откакто бях малка, ми духа целувка. Взимам цвете от букета си. Бебешки дъх, любимото й цвете. Давам й го.

Тя се усмихва и една сълза се стича по бузата й.

От другата страна на пътеката е братовчедка ми Рут. С нея бяхме изключително близки, когато бяхме деца. Сега рядко се виждаме. Предполагам, че тя си мисли точно същото, което и аз, докато минавам покрай нея. Бележка към себе си: скоро ще я поканя на вечеря.

Тук са двамата по-малки братя на Дарил - Дейл и Дони. Родителите им имаха нещо като отношение към буквата Д. Забележка към себе си: да не продължавам с тази традиция.

Виждам другата си баба, майката на майка ми. Тя не дойде на сватбата ни. Тя и майка й се държат за ръце и аз се откъсвам от татко за няколко секунди, за да отида и да ги прегърна и двете. Коленете ми се подкосяват малко, когато баба протяга ръка, взема ръката ми в своята и пуска нещо в нея. Инстинктивно свивам пръсти около него; макар да не виждам какво е, усещам, че е ключ. Татко придърпва ръката ми в своята и отново се връщаме в правия път по пътеката.

Моите шаферки, Триш и Мони (съкратено от Моник), вече са близо до мен. Изглеждат зашеметяващо в старинните си бели рокли, но чакай, аз бях тази, която носеше старинно бяло.

Татко ме обръща, сваля ръката ми от ръката си и я увива около тази на Дарил. Обръщам се, за да погледна бъдещия си съпруг, но това не е Дарил. Е, някога беше Дарил, но сега вече не е. Той е мъртъв. Той е гниещ труп.

Крещя, докато зелената слуз се излива от устните му, когато се опитва да се усмихне. Не съм единствената, която крещи.

Всички крещят.

Всичко крещи - дори машините.

Отварям ръката си.

Поглъщам ключа.

Навсякъде се разбиват парчета стъкло.

***

Отварям очи. Не съм вкъщи, а в болницата. Чувам тиктакане, сърцебиене. Пиукане. Шепот. Отново затварям очи. Преструвам се на заспал.

„Няма промяна.“

„Не мога да се откажа.“

„Ами бебето?“

Бебето. Тези две думи ме връщат в реалността и аз се опитвам да седна и откривам, че не мога.

Когато не мога да движа ръцете или краката си, започвам да крещя. Притискам корема си, бебето, нашето малко, и откривам, че бучката вече е по-голяма. Колко време съм спала?

„Мамо?“

„О, скъпа! Скъпа“, казва тя. „Ще се оправиш“, гука тя, но аз не ѝ вярвам. Нито една дума.

„От колко време съм тук?“ Питам, а главата ми е като ехо камера, докато думите се отразяват в черепа ми.

Тя ме прегръща и ме държи, вместо да ми отговори. Когато се отдръпвам, тя държи главата ми в ръката си и се взира в очите ми, сякаш се опитва да ме открие.

Опитвам се да не мигам, но не мога да спра. Не мразиш ли, когато това се случва? Щом се опиташ да не правиш нещо, тялото ти те предава и те кара да го правиш още повече.

Тя не казва нищо. Мисли, че не мога да се справя с истината. Гласът в главата ми е този на Джак Никълсън в „ Няколко добри мъже“. Дарил обичаше този филм. Гледахме го толкова много пъти, че загубих бройката.

„Искам да знам“ - чувам се да казвам, но от начина, по който ме гледа, не съм сигурен дали съм го казал на глас, или в главата си. Опитвам отново, този път малко по-силно, и тя реагира.

„Позволи ми“, казва тя и си тръгва, като след няколко минути се връща с някого, когото не познавам. Двамата се движат из стаята, сякаш блокират сцената за някаква пиеса в театъра. Те си шепнат, после ме поглеждат и си шепнат още.

Колко грубо.

Изчаквам, сякаш съм невидима, и се опитвам да не избухна.

Непознатият забива игла в ръката ми и си тръгвам, като си мисля, че болничният персонал в улични дрехи трябва да бъде забранен.

Отново сънувам, че вървя по улицата и търся Дарил, докато бомбите избухват.

***

Сега подутината върху мен е още по-голяма. Всъщност е значително по-голяма. Когато бебето се движи, виждам частици от него или нея през кожата си. Крайниците, които правят отпечатъци, сякаш ме обръщат навън, когато детето ни се притиска към стените на стомаха ми.

Вече не съм в болницата. У дома съм, седнала в детската стая, люлееща се на стол за кърмене, който не се люлее в обичайния смисъл на думата. Вместо това той се плъзга.

По стените са наредени спящи овчици с дзъзми около главите, които чакат да бъдат преброени. Започвам да броя, после се усмихвам, поглеждайки към детското креватче. Времето е спряло, трябва да е спряло, защото нищо не се случва тук, днес, сега.

Вдигам се от стола, полубуден и полузаспал. Докосвам мобилния телефон и той започва да звъни Frere Jacques. Запявам си, докато вдигам едно одеяло с овца на него.

Сгъвам одеялото все по-малко и по-малко, докато се превърне в малък квадрат. После го поставям обратно в креватчето и се поглеждам в огледалото в ъгъла.

Част от огледалото се вижда, а друга част - не, защото нещо го закрива. Приближавам се, вдигам прахоляка, за да открия съкровището, което е в семейството ми от десетилетия. Семейна реликва, предадена от майката на майка ми.

Рамката е хладна на допир, когато прокарвам пръсти по нея. Тя е дървена и е гравирана с двойки преплетени ръце. Отпечатъците от преплетените пръсти са още по-хладни на допир. Приближавам тялото си, докато бебешката ми подутина се притисне към стъклото. Тя не я докосва. Тя преминава през нея. Докато се приближавам все повече и повече, бебешкото ми коремче изчезва в него.

Отстъпвам крачка назад и бебешката ми гърбица се отделя със смучещ звук. Бебето ми рита и рита отново, докато се отдалечавам от огледалото и се връщам на стола, на който бях започнала. Когато сядам, мобилният телефон се задейства отново и ние започваме да се плъзгаме в унисон с него.

Бебето ми се успокоява и заспиваме.

***

„Събуди се Кат“, казва Дарил.

Претъркулвам се към него и се сгушвам в него. Бебето се блъска между нас. Не можем да се доближим толкова близо един до друг, както преди, но сме по-близки на много други нива.

Алармата се включва и аз се прегръщам с възглавницата на Дарил, а не с него. Бебето ми рита и аз ставам от леглото, за да се поразходя по коридора, полубудна, до банята, където отивам до тоалетната. Пускам водата, заставам под душа и оставям водата да тече по мен.

Бебето ми обича водата и оставаме там, докато топлата вода свърши и стане студена. Вече съм гладна, обличам си палтото и слизам долу, когато мама влиза през входната врата. Сигурно е звъннала, когато съм била под душа. Бележка към себе си: помоли мама да върне ключа.

„Донесох подаръци“, казва тя. Изсипва на масата цяла кутия с ледени понички, които са все още топли и ухаят на рай.

Натъпквам една в устата си, а тя една в своята. Прегръщаме се и изяждаме втора поничка, преди да решим да си направим чай.

Бебето ми изригва с благодарност и мама сама го усеща. „О", казвам аз, когато бебето заявява още повече присъствието си, като прави нещо, което ми се струва като салто вътре в мен.

„Добре ли си?" Мама ме пита.

„Щастлив е", казвам аз.

Мама забелязва факта, че съм казала той. Тя не го споменава. Вместо това ми разказва последните клюки.

Слушам я от учтивост, а не защото се интересувам от местните събития. Преди, искам да кажа преди да срещна Дарил, допринасях, като се качвах на влака с клюките. Понякога дори бях кондуктор без шапката. Понякога пък се превръщах в локомотив. Така или иначе, винаги бях във влака. Позволявах на клюкарите да ме водят.

„Виждал ли си детската стая?" Питам от нищото, докато тя е по средата на изречението си.

Тя ме поглежда така, сякаш съм непознат. „Сигурна ли си, че всичко е наред?" - пита тя с голяма бръчка, очертаваща челото ѝ под формата на хоризонтален въпросителен знак.

Осъзнавам, че съм казал нещо странно, може би дори глупаво. Не знам какво е то. „Добре съм", казвам, опитвайки се да я успокоя, че е така.

Изправям се, надявайки се тя да направи същото, но тя не го прави. Вместо това тя изважда още една поничка от кутията и отхапва.

Бебето ме рита силно. Сякаш иска още една поничка. Трябва да пишкам и да го кажа. Мама ме следва по коридора.

„Ще се срещнем в детската стая“, казвам аз.

„Добре“, отговаря мама.

Когато се присъединявам към нея в детската стая, мама е застанала пред огледалото. Присъединявам се към нея, заставам до нея и се приближавам все повече до стъклото. Проверявам дали бебето ще мине през него, както вчера, но не става. Няма никаква вълна. Няма връзка. Дали съм сънувала?

Докато се обръщам, мобилният телефон започва да свири сам Frere Jacques.

„Превъртя го, Кат - казва тя, - чудесно се справихме с декорацията, нали? Толкова съм доволна.“

Не си спомням как сме украсявали и не искам да го призная. Как е възможно да съм забравила такова нещо?

„Твоята пра-пра-прабаба би била много доволна. Щастлива съм, че огледалото вече ти принадлежи.“

Светът започва да се върти и да избледнява. Придвижвам се напред и едва не се преобръщам. Мама ме хваща и ме слага в стола, където се плъзгам напред-назад напред-назад.

„Огледалото не е ли по право твое?“ Питам.

„Да, но аз нямам нищо против. То е идеално в тази стая.“

Мислейки за огледалото, се унасям в сън. Майката си е отишла. Тук е тъмно, с изключение на една светлина, която трепти в ъгъла на малко разстояние от огледалото.

Бебето рита. То е неспокойно. Ставам и отивам към огледалото. Когато се приближаваме, светлината става по-ярка. Бебето ми рита и се премества. Свалям одеялото и гледам отражението на бебешката си подутина, като се приближавам все повече и повече. Бебето рита гол.

Бебешката ми подутина се удря в огледалото. Бебето рита отново, като затваря разстоянието между подутината и стъклото. Когато двете се свързват, бебешката ми подутина изчезва в него. Има притегляне, което ни привлича.

Сега стоя с носа си до стъклото. Притискам се още повече, докато цялото ми лице не се окаже вътре. Главата ми ме следва. Бебето ми се изтъркулва в отражението.

Някъде зад нас се надига силен порив на вятъра и ни тласка още по-навътре. Вече съм достатъчно вътре, за да забележа разликата във въздуха. Есен. Листата. Там, където бяхме, беше пролет, а тук - есен. Как е възможно това?

Усещах и усещах хладния въздух, който се виеше около нас и ни приветстваше. Вятърът прошепна по кожата ми като докосване.

Бебето ми се бута напред и назад, търсейки утеха от другата страна. Комфорт в стъкления свят. Погалих бебешката си бучка, за да се успокоя, и бебето ми се отдръпна, за да направи същото за мен.

Там е великолепно. Намира се в средата на гора. Не, аз съм на плаж с пясък, чист бял пясък и вълни, които се разбиват и разбиват в брега.

Не, аз съм близо до планини, високи планини с пътеки, които се извиват около тях. Това са много светове, събрани в едно. Чувам пеенето на птиците. Има гарвани, врани, сини сойки, фламинго, кукабури, усойници, врабчета, присмехулници и чайки. Усещам вкуса на солта на океана върху езика си.

Викам: „Здравей“ и гласът ми отеква наоколо, наоколо и наоколо. Бебето ми танцува в ехото, гъделичка ме и ме кара да се кикотя. Чувствам мир, чист и сладък. Радостна. Начало.

От другата страна, зад мен, нещо ме дърпа назад. Не искам да вървя. Бебето ми не иска да си тръгне, но нещо ме сграбчва. То ни изтръгва оттам. Назад.

„Какво, по дяволите, правиш?“ - крещи някой. Гласът му е колеблив, пресипнал.

Чувам думите, но гласът звучи така, сякаш е вътре в облак.

***

В момента, в който се върнем, искаме отново да си тръгнем. Искаме да сме там, да съществуваме там. Само там и никъде другаде.

Това е Мони и тя е много ядосана на мен. „Какво си мислеше?“

Не казвам нищо, докато се оглеждам в огледалото.

„Не си играй на невинна с мен“, казва Мони. „Ти пътуваше. Имам предвид в друго измерение, нали?“

„Пътувах?“ Мимикрирам. Замислям се за секунда колко налудничаво трябва да съм изглеждала и казвам: „Гледах отражението си, нашето отражение. Бебето и аз.“

„По-голямата част от теб беше изчезнала!“ Мони изкрещява. „ИЗЧЕЗНА!“

Смея се, опитвайки се да се престоря, че не е видяла това, което е видяла. Опитвам се да я накарам да се почувства като луда. Вместо мен. Аз бях там. Бях видяла друг свят. Пресичам стаята, далеч от огледалото, обръщам се назад и отивам до огледалото. Свивам юмрук и го поставям точно срещу стъклото, надявайки се, че нищо няма да се случи, но не се случва.

Мони ме последва и направи същото. После заставаме лице в лице и избухваме в смях. Сигурно сме изглеждали като луди. Безумно. Нелепо.

Бебето рита.

Не след дълго вече сме долу. Мони казва, че майка ми е трябвало да си тръгне и затова е дошла.

„Нямам нужда от детегледачка.“

„Минаха шест месеца - казва Мони, - откакто Дарил почина, и всички се притесняваме за теб и бебето“.

„Бебето и аз се справяме добре“, казвам аз. „Все още ни липсва всеки ден, но става по-лесно.“ Това беше лъжа.

„Знам какво трябва да направим утре“, казва Мони. „Да отидем на плажа.“

Звучи забавно и аз се съгласявам. Нямам намерение да нося бански костюм.

***

Пристигаме на плажа с кошница за пикник, пълна с обяд и всякакви лакомства. Събуваме обувките си и оставяме пясъка да се полюшва между пръстите ни, въпреки че навън далеч не е топло.

„С Дарил обичахме да идваме тук през лятото.“

„Той е с нас тук сега и винаги“, казва Мони.

Мони е права, но това не ми пречи да ми липсва. Искам нещо повече от спомените му. Искам да е тук, с ръцете си около мен.

„Липсват ми ръцете му, това, че ме държи, дъхът му. Липсва ми всичко, свързано с него, всеки ден.“

Мони слага ръка на рамото ми.

„Най-тежкото е - продължавам аз, - че Дарил никога няма да познае нашето бебе, а нашето бебе никога няма да познае Дарил.“

„Не знаеш какво те очаква в бъдеще“, казва Мони.

Знам накъде отива тя с това. Тя ми предлага да се срещна с някой друг. Мисълта не си струва да се обмисля. Носех бебето на Дарил, за бога.

„Не искам никой друг. Никой никога не би могъл да замени Дарил или това, което имахме заедно. Освен това сърцето ми е твърде разбито. Никога няма да обичам някой друг. Сърцето ми принадлежи само и единствено на Дарил.“

„Не казвай това. Не знаеш какво може да ти донесе бъдещето. Любовта може да се случи повече от веднъж. Погледни майка ми. Имам предвид, че татко умря, тя се омъжи за доведения ми баща и намери любовта за втори път. Това не е същото. Никога не може да бъде същото като първата ви любов, но все пак може да бъде любов. Може да е достатъчна. Трябва да сте отворени за нея. Те са щастливи, а след време и ти можеш да бъдеш щастлива“, казва Мони.

След това започвам да спринтирам, доколкото може да спринтира бременна жена в осмия месец, и влизам във водата. Температурата е студена, но освежаваща, и ми харесва усещането на хладината върху кожата ми.

Мони се вмъква до мен.

„Това бебе обича водата.“

Мони слага ръка на корема ми и бебето рита. „Сигурно обича“, казва тя.

Заставаме във водата до колене и оставяме вълните да ни обливат. Бебето обича това и прави няколко салта.

„Ще ми разкажеш ли за него?“ Мони пита.

„Не съм сигурна какво имаш предвид“, казвам аз.

„Имам предвид за огледалото, за това, което си правил? Пътувахте ли? Обикаляхте света?“

Замислям се и решавам, че тя е права. Искам да кажа, че чрез огледалото аз и бебето ми сякаш пътувахме до друго място. Друго измерение. Музиката от „Зоната на здрача“ резонира в главата ми.

„И какво ще знаеш за това?“ Питам.

„Гледам филми, чета книги. Има дори пътуване в „Алиса в страната на чудесата“ Когато влязох, по-голямата част от теб беше изчезнала и беше очевидно, че е в огледалото. Ти беше в огледалото. И така, какво си видяла? Или видяхте ли нещо?“

„Не съм сигурна, че искам да говоря за това“, казвам аз, защото това е тайна. Засега искам да я държа близо до гърдите си. Имам чувството, че ако го призная на глас, може да изчезне. Знаех, че звучи глупаво, но всичко беше толкова странно и ми се беше случвало само веднъж. Два пъти за бебето, но веднъж за мен. Искам да бъда там и да го направя отново, преди да говоря за това с някой друг.

„Обещай ми едно нещо - казва Мони, докато гледаме как слънцето залязва по време на пътуването ни към дома. „Обещай ми, че няма да отидеш сама. Имам предвид без някой от тази страна, който да те издърпа назад.“

Кимвам в знак на обещание, но не съм сигурна, че възнамерявам да го изпълня.

„Бих искала да остана при теб тази вечер, за да ти правя компания“, казва Мони.

Казвам, че няма нищо против, защото съм твърде уморена, за да направя нещо повече от това да спя, изтощена от свежия морски въздух. Бебето ми дори не се движи в мен.

Влизам в пижамата си и веднага заспивам. Сънувам Даръл, търся го, търся го нависоко, на ниско и навсякъде. Вървя и вървя, а краката ми се подуват и кървят, но Дарил все още го няма. От време на време се сблъсквам с някого или нещо като плашило в полето. Питам го дали е виждал Дарил, а той като в „Магьосникът от Оз“ сочи във всички посоки. Голяма помощ е той.

Питам и една странна, брадясала жена, която работи в цирка, дали е виждала Дарил. Тя се смее и се смее и се смее.

Няма го никъде, затова се събуждам и включвам лаптопа си. Прекарвам вечерта в разглеждане на нашите снимки. На нашия живот.

Когато бяхме заедно, навсякъде около нас се виждаше любов. Знам, че звучи като глупаво клише, но тя беше там, особено когато Дарил ме погледнеше или когато аз го погледнех. Обичахме се с любов, каквато никога повече нямаше да има в свят, в който сме разделени.

Докато търся в миналото сама, имам чувството, че той, бебето и аз сме заедно и разглеждаме снимките. Бебето е в скута ми. Дарил е зад мен и гледа през рамо, докато прелиствам от страница на страница.

Когато приключвам, слънцето изгрява и открива нов ден.

Изморена се връщам в леглото.

***

„Кат. Кат! КАТ!“

Какво? Престани. Искам да продължа да сънувам.

„CATH!!!“

Осъзнавам, че чувам гласа на Дарил. Какво? Разтърсвам се. Вслушвам се и го чувам отново.

„Кат.“

„Дарил?“

Отхвърлям завивките и отварям вратата на спалнята. Сега, след като съм отговорила, той отново и отново прошепва името ми.

Озовавам се в стаята на бебето, където стоя неподвижно и се вслушвам. Потръпвам, сякаш през мен е преминал вятър. След това грабвам одеялото от креватчето и го увивам около раменете си. Бебето е тихо, сякаш още не се е събудило.

„Кат.“

Поглеждам към прозореца. Вятърът го кара да щрака и да хлопа, след което го избутва право навън. Хладната есен ме обгръща с ръце, държи ме и същевременно ме бута.

„Кат.“

Обръщам се към мястото, откъдето идва гласът. Огледалото. Бебето ми се събужда и ме рита силно. Заставам нащрек и се отправям към огледалото. Дървената рамка на ръцете се движи, усуква се, измества се. Стъклото в рамката трепти и се поклаща. Сякаш облак е влязъл в детската стая и преминава в и през стъклото. Пристъпвам по-близо. Вдигам ръка и поставям дланта си върху повърхността.

*ОГЛЕДАЛО, КОЕТО МЕ ОТРАЗЯВА
С ИЗЛИШЪК.

Едно стихотворение, което прочетох в гимназията, нахлува в мислите ми. То изниква в главата ми, когато ръката ми пробива повърхността и изчезва в стъклото.

По-нататък, все още преодолявайки пропастта. Ето го. Друга ръка се притиска към моята. Ръката на Дарил. Ръката на Дарил?

Да. Потвърждава се, когато облакът в огледалото се разсее. Докосваме се с длан до длан.

Уплашен, се отдръпвам и също издърпвам ръката си назад. Бебето рита и аз докосвам дланта си до него. Облакът се придвижва обратно, докато аз успокоявам бебето, а Даръл изчезва.

Искам да го смачкам.

Искам да бъда в него.

Дали съм си представяла всичко това? Бях ли полудяла?

Аз съм луда.

„Кат. Върни се. Моля те.“

С едната си ръка галя бебето ни, а след това една ръка минава отгоре, откъм страната ни, и държи ръката ми. Това е ръката на Дарил. Той е тук и успокоява бебето ни. По някакъв начин. По някакъв начин. Любовта ми.

„Дарил.“

Другата му ръка, тази с годежния пръстен, минава през огледалото от нашата страна. Падаме в него, в прегръдката му, в огледалото.

„О, Кат.“

Ръцете му ме карат да потръпвам, когато ги прокарва по бебето. Бебето се обръща към него и ние сме наполовина вътре и наполовина вън.

„Той е красив“, казва Дарил. „Като майка си.“

„Не знаем дали е той, или тя“, казвам аз, като гледам сините му очи.

„Определено е той“, казва Дарил. „Той е силен и здрав.“

В отговор на гласа на баща си бебето рита и се търкаля.

„Стойте спокойно“, казвам, докато се втренчвам още повече в огледалото. Бебето е в по-голямата си част през него, но аз не съм през стъклото. Винаги мога да се отдръпна, ако се наложи. Не съм сигурна защо се притеснявам. В края на краищата това е Дарил. Как ми липсваше. Все пак част от мен остава закотвена от другата страна.

„Дарил, това е синът ти. Сине, това е твоят татко“, казвам, докато сълзите се стичат по бузите ми като водопади. Не са сълзи на дребна жена, а големи и сочни сълзи от дъжд. Оплаквам се.

Дарил ме целува по устните. Той има вкус на есен, но едновременно топъл и хладен. После се навежда и целува нашето бебе.

„Сине, трябва да се грижиш за майка си заради мен добре, че се гордея с теб и с това, което ще бъдеш един ден. Обичам те. Обичам ви и двамата.“

Избутвам ни, придвижвам ни с един сантиметър по-напред. Обмислям да мина докрай, но нещо, някакво чувство ме задържа. Искам да бъда там. Искам да мина и да бъда с Дарил, където и да е той. Искам тримата да сме заедно, завинаги. Решена, се опитвам да натискам и натискам. Искам да минем през целия път.

„Недей“, моли Дарил. „Дори не опитвай. Вече имаме. Нека му се насладим, докато можем. Тя е безмилостна.“

„Искам те. Искам ние, тримата да сме заедно. Винаги.“

„Имаме само това, което тя ще ни даде“, казва Дарил. „Времето е непостоянен приятел или враг. Никога не знаем какво ще дойде и какво ще си отиде.“

„Ти си поет, а аз дори не го знаех“, казвам с кикот.

Подухва силен вятър и Дарил се отдръпва. Отдалечава се.

„Върви сега“ - подканя той.

„Не! Къде отиваш, Дарил?“ Викам. „Върни се. Моля те, не ме оставяй. Не ни изоставяй отново.“

„Ще се опитам да се върна, да те видя отново, колкото се може по-скоро. Ако мога. Иди сега. По някакъв начин. Помни ме винаги. Винаги ще те ценя. Повярвай в мен и тогава може би ще ни позволи да се опитаме да се срещнем още веднъж“.

Вятърът издухва огромен облак. Той ни закрива очите, за да не видим Дарил. Преди облакът беше бял и пухкав, а сега е черен и изпълнен с гняв.

Изтеглям ни назад.

Докато го правя, коленете ми се подкосяват.

Падам на пода и ридая.

Чувствам се така, сякаш съм загубила Дарил отново и отново.

Този път обаче плача за двама. Скърбя за двама.

***

„Кат, добре ли си?“

Събуждам се и си спомням, но това е само майка ми. Тя се опитва да ме вдигне от пода, но съм прекалено тежка.

„Обадих се на бърза помощ“, казва тя, докато аз се опитвам да се издърпам и не мога.

„Искам да си легна“, казвам, борейки се с поредния плач.

Линейката пристига и те се втурват нагоре по стълбите. Проверяват моите жизнени показатели и тези на бебето и след като потвърждават, че всичко е наред, ми помагат да легна.

Мама се надига и за да я накарам да се почувства по добре, казвам: „Той е добре и аз съм добре“.

Тя спира на място. „Не разбрах, че вече си поискала да знаеш пола на бебето“.

„Не съм“, казвам, „Имам чувството, че той е той“.

Изглежда, че лъжата върши работа. Преструвам се, че съм по-уморена, отколкото съм в действителност. Бебето също изглежда заспало. След като ме целува по челото, мама излиза и затваря вратата след себе си.

Лежах буден с часове, мислех за Дарил и се чудех кога ще можем да се видим, да се докоснем отново.

***

Всеки ден след посещението ни при Дарил искам да се върна.

Пиша какво точно се случва. Воденето на запис има смисъл. Това е единственият начин, по който мога да гарантирам, че мозъкът ми по време на бременността ще запази спомените ми непокътнати. Записването на всичко това, обсебването му, ни позволи да изживеем същия ден отново и отново. Това е като нашата собствена версия на филма „Денят на сурвакарите“, само че този път аз съм Бил Мъри.

Дарил беше казал, че е „безпощадно“. Дали имаше предвид времето?

Питам Мони какво мисли. Тя също смята, че е доста странно.

Започваме да работим заедно, за да изследваме свръхестествените явления. Целта ни е да открием събития, свързани с пътувания в огледала онлайн.

Намираме интригуващи статии за паралелни вселени. В някои от тях огледалата се споменават като входни точки. В изследванията се говори за неща като виртуални реалности и разделение на измеренията. Също така се обсъждат пространствени врати и окултизъм. Освен измислени романи обаче не можем да намерим никакви реални доказателства, въпреки че откриваме няколко твърдения.

Намираме няколко списъка с неща, които никога не трябва да правите с огледала, като например:

Никога не се оглеждайте в огледало на светлината на свещи, то може да ви покаже много призрачна версия на дома ви.

Ако се вгледате в огледало между две високи, бели свещи, може да видите духа на починал близък човек. Душата им може да е заседнала в огледалото ви.

Това накара сърцето ми да изскочи от устата ми.

Дали душата на Дарил е заседнала там? Не изглеждаше като лошо или страшно място, но той беше споменал непростимото.

Поколебах се и преминах към следващата точка.

Винаги покривайте призрачното огледало по време на гръмотевична буря. Светкавицата ще освободи призраците.

Казвам на Мони, че когато за първи път влязох в стаята, огледалото беше частично покрито. Прегръщам се и отново потръпвам.

„На първо място - казва Мони, - най-вероятно майка ти го е сложила там, за да го държи далеч от пода. Това не е нищо. Съвпадение.“ Тя ме поглежда. „Сигурна ли си, че искаш да продължиш с това?“

Кимвам и прочитам следващия.

Лошо предзнаменование е да получиш като подарък огледало от дома на починал човек.

„О, Боже мой!“ Изкрещя и пъхнах юмрук в устата си. Не искам да плаша бебето, но огледалото е в нашето семейство след смърт от векове. Не като подарък с панделка върху него, а като дар и семейна реликва.

Не съм сигурна кой е имал огледалото, преди то да влезе в нашето семейство. Трябва да разбера повече за него.

Обяснявам това на Мони, която самата леко се разтреперва, преди да прочете следващото.

Ако някой види отражението си в огледало в стая, в която наскоро е починал някой, той ще умре скоро.

„Уф, добре сме на едно място“, казва тя и след това ме поглежда, за да потвърди, което аз правя с кимване.

Прочитам следващия.

Ако през нощта в дома ви броди призрак, огледалото може да го улови.

Това е страховито. Никой от нас не казва нищо по въпроса. Бебето се движи.

Прелиствам статията нататък. Има научни доказателства. Споменават се квантовите огледала и огледалата на мултивселената като врати към други светове.

„Трябва да знаем повече. Трябва да знам повече за това огледало и как е попаднало в семейството ми. Откъде е тръгнало? Кой ни го е дал и кога?“ Казвам с трепет.

„Как ще направим това?“ Мони пита и двете седим и размишляваме, сами, но заедно, доста дълго време.

Дните и седмиците текат напред. Двамата с Мони продължаваме да търсим, когато имаме време.

Проследяваме концепцията за пътуване през огледала. Тя води началото си от древните цивилизации.

Разглеждаме огледалото си от горе до долу с надеждата да открием следа от производителя. Нямаме такъв късмет.

С бебето, което трябва да се роди след седмица - плюс-минус няколко дни, така или иначе - с Мони седим заедно в кухнята ми. По начина, по който тя започва и спира, разбирам, че има нещо важно в главата си.

„Може да ти се стори, че е малко лудо.“

„Кажи ми“, казвам аз.

Бебето рита. Галя крачето му.

„Предупреждавам те“, казва Мони. „Той е там.“

„Продължавай.“

„Добре, започвам. В интернет намерих една жена, която е медиум и екстрасенс. Тя има изключително добра, дори отлична репутация. Носи резултати за случаите, в които решава да се включи“.

Навеждам се по-близо.

„Леля Мария се занимава с четене на карти като хоби. Тя прочете за жената, за която говоря. Намерила е само добри неща за нея“.

„Ясновидец, а?“ Казвам. Не разбирам медиумните брътвежи. Въпреки че знам за онзи човек, който беше по телевизията, Джон някой си. Едуардс. Произнасям името му на глас.

„Да - казва Мони.

„Искаш да кажеш, че дамата медиум ще се свърже с Дарил?“

Мони кимва.

„Но аз успях да се свържа с него сама. Не знам с какво би могла да ни помогне, тъй като вече сме били там сами“.

„Трябва да опитаме. Имаме нужда от нея. Не заради Дарил, а заради огледалото“, казва Мони. „Ако това е пътуващо огледало. Казвате, че е така, защото сте пътували в него. Трябва да знаем повече за него. Тя ще може да го провери. Имам предвид, че екстрасенсите правят тестове.“

„О“, казвам аз и сега съм по-заинтересована, отколкото преди. Навеждам се малко по-близо.

„Обясних ѝ малко за случилото се, без да навлизам в прекалено много подробности. Казва се Анна Аугуст и определено иска да се запознае с теб и да види стаята и огледалото. Аз също бих искал да съм тук, за морална подкрепа. Тоест, ако искате да бъда.“

„Трябва да бъдеш тук с мен“, казвам и бебето рита, за да регистрира гласа си. Отивам до охладителя за вода и си наливам чаша хладка течност. „Колко иска за едно посещение?“ Казвам след няколко глътки.

„Петстотин.“

Сядам и притискам хладната чаша към челото си.

„Знам, че е много да искаш - продължава Мони, - и бих искала да ти го предложа като подарък“.

„Това е мило от твоя страна“, казвам аз. „Но ако двамата с теб се разделим петдесет на петдесет, като половината е подарък от теб, тогава би било чудесно. Как го събира? Имам предвид, предварително?“

Мони обяснява как ще стане това. Трябва веднага да изпратим десетпроцентов депозит в знак на добра воля. Анна ще ни изпрати разписка, ще уговори дата и час за лично посещение. На уговорената дата остатъкът от сумата ще бъде дължим при пристигането.

„При пристигане?“ Казвам. Изглежда малко нахално да искаш пари предварително по този начин, но от друга страна, кой знаеше протокола за екстрасенсите?

Мони си взима чаша портокалов сок от хладилника и отпива дълго. „Според уебсайта им доставката е при влизане в дома на клиента им, което ще рече, че сте вие“.

„О, значи не обещава нищо в замяна?“

„Е, не“, потвърждава Мони. „Но имам чувството, че това е норма в света на екстрасенсите. Когато се съгласи да поеме случая ти, тя се ангажира изцяло. Иска да е сигурна, че и клиентите ѝ са такива. Тя може да избира на кого да помогне. Като казва на новите си клиенти, че иска авансово плащане с остатъка отпред, тя ще може да отсее мошениците“.

Смея се, чудейки се дали тя ще ме сметне за луд, дори ако платя предварително. „Тя, Анна местна ли е?“

„Не, тя е извън града, но знаеше къде живееш. Имам предвид преди да й кажа адреса ти. Каза, че през последните няколко месеца е усещала странно безпокойство в този район. Всъщност било толкова силно, че обмисляла да го разследва сама“.

Това звучи интересно и едновременно с това налудничаво. „Искате да кажете, че е имала предчувствие?“

„Точно това се чудех и аз, но тя каза не. Въпреки че често ги има. В този случай е почувствала психическо смущение. Нещо я е връхлетяло. Косата й настръхна. Такива неща.“

Когато гледам страшен филм, това ми се случва, но не го казвам. Вместо това се съгласявам да изпратя авансовата вноска и да й платя цялата сума при пристигането. „Трябва да разберем повече, а нямаме много възможности“.

„Има много други възможности - казва Мони, - но Анна има уличен авторитет. Ще направя така, че това да се случи възможно най-скоро.“

***

На трети май, в три следобед, известната ясновидка и медиум Анна Аугуст пристига в дома ми. Двамата с Мони се скриваме зад завесите. Гледаме как тя излиза от автомобила си на моята алея. И двете сме много любопитни и искаме да я проверим, преди да я срещнем на живо.

През последните няколко седмици сме обсебени от Анна. В същото време аз съм обсебен от огледалото, откакто Анна ми каза да се пазя от него. Не бях разговарял с нея, но тя настоя Мони да ми предаде спешното съобщение.

Съобщението беше, че ако вляза отново, тя ще разбере. Уговорката ни щеше да бъде отменена. Също така, че независимо от това ще се изисква пълно плащане.

Щеше да е лесна печалба за нея, ако пренебрегнех предупреждението. Щеше да й бъде платено, без дори да е прекрачила прага ми. Думите ѝ ме изплашиха достатъчно, за да заключа вратата на детската стая. За всеки случай.

Анна е на около шейсет години и е красива жена. Тя не е красива, а привлекателна. Това не е замислено като обида. Това е начинът, по който тя изглежда и на двама ни. Тя е много висока, близо седем фута, и тъй като носи косата си на кок отгоре. Това още повече увеличава височината ѝ.

Носи кървавочервено палто с висока яка и черни копчета във формата на сърце. На краката си има дебели черни клинове. На лицето ѝ има най-малкото докосване на спирала, червено червило и нищо повече. Тъмночерната коса зад лявото ѝ ухо разкриваше черна обица във формата на сърце. Перфектно съчетание с копчетата на палтото ѝ.

Анна върви към входната врата с мощно усещане за решителност и целеустременост. Тя се поклаща малко на клиновете си и ние се кикотим. Когато Анна ни забелязва, тя намига и прави кръстен знак над себе си. Колебае се, после прави кръстен знак над къщата ми.

Бяхме толкова разсеяни и завладени от всичко, което Анна направи, че не забелязахме един мъж, който вървеше след нея.

Той е висок близо метър и осемдесет, с черна коса и черна брада. Облечен е в черно палто, черна шапка закрива очите му, черни панталони и обувки. Промъква се покрай нас като тъмен самотен облак. Осъзнаваме, че навеждането се дължи на това, което носи на гърба си: малък черен сандък. Въпреки че е малък, тежестта му е достатъчна, за да го накара да се прегърби.

Анна удря почукването на вратата и ние се втурваме напред, за да ги посрещнем.

***

Анна нахлува като вятър, а тъмният облак профучава недалеч зад нея. Тя първа протяга ръка към мен, като взема и другата ми ръка. Тя ме гледа в очите, а аз в нейните - които бяха със странен оттенък на зеленото с малки червени петънца по зеницата.

„Много се радвам, че най-сетне се запознахме - казва тя, протяга ръка и после спира, преди да докосне бебето. Кимвам, че няма нищо против да го направи, и тя поставя отворената си ръка върху бебето. Очаквам то да ритне, за да потвърди присъствието ѝ, но то не го прави.

„Сигурно спи“, казвам аз. По някаква странна причина това, че не се представя с ритник, ме кара да се чувствам като грубиян.

Анна отмята палтото си. Обръща се към Мони и казва „здравей“. Представя ни на съпруга си, който стои на заден план и протяга гръб. Името му е Балард.

Пристъпвам към него и се ръкуваме. Той има нужда от помощ, за да свали сандъка от гърба си, затова му помагам. След това той се изправя прав и висок. В крайна сметка не е толкова нисък. Нисък е за мъж, а Анна в клиновете си се извисява над него.

„Да се заемем със скучните подробности - предлага Балард.

„Да“, казва Анна.

„Тя има предвид парите“ - прошепва Мони.

Прибирам чантата си от страничната масичка. В нея е цялата сума, която подавам на Анна, а тя я дава на Балард.

„Благодаря“, казва Анна.

Балард изважда парите и прелиства купюрата. Уверен, че цялата сума е там, той я пъха в джоба на палтото си.

Анна казва: „Бих искала да видя стаята сега.“

Тримата, Мони, Анна и аз (или четирима, ако включа и бебето), се отправяме към детската стая. Поглеждам назад и виждам как Балард търси в джоба си ключ, който поставя в ключалката и отваря багажника.

Любопитна съм за ключа, но още по-любопитна съм за съдържанието му. Балард продължава. Връщам вниманието си към тази работа.

„В подходящото време“, казва Анна, докато ни придвижва. Тя вижда, че гледам Балард с любопитство. Изглежда, че тя не пропуска нищо.

Преди да стигнем до детската стая, Анна внезапно спира. Почти се сблъсквам с нея, тъй като сега съм в задната част на групата, а Мони е начело.

Дишането на Анна се променя. Тя се задъхва, а бузите й стават силно зачервени. Хваща стената отдясно и другата стена отляво със свити юмруци и застава неподвижно. Юмруците й се разтварят като разцъфнали рози. Тя поставя ръцете си плоски и отворени върху повърхността на стените от двете й страни.

Главата й полита назад, а очите й се отварят широко и гледат към тавана. Цялото й тяло започва да се тресе и гърчи, сякаш получава епилептичен пристъп.

***

След това нещо преминава през тялото ѝ. Каквото и да е то, виждам как си проправя път през нея. Поглеждам към Мони, чиито очи почти изскачат от черепа ѝ. Протягам ръка през рамото на Анна и вземам ръката на Мони в своята. Стоим неподвижно, без да знаем какво да правим. Анна продължава да вибрира и да се върти.

Тогава Балард е там и поставя нещо върху обърнатото чело на Анна. То е сребърно.

Виждам го да проблясва на светлината, но не мога да разбера какво е то. Първо е размазано, после блести. Скоро ръцете и главата на Анна падат. После тя отново е сред нас.

„Съжалявам, любов моя“, казва Балард. „Не очаквах, че...“ Той спира и поглежда към Мони и мен, които все още стоим заедно, хванати за ръце.

„Аз също не очаквах“ - казва Анна, като поема дълбоко въздух и го изпуска няколко пъти, за да се успокои. „Това беше мощно нещо или някой. Мога ли да изпия чаша портвайн, преди да продължим?“

Започвам да казвам, че нямам портвайн в къщата. Балард, който е дошъл подготвен, изважда една колба от вътрешността на сакото си. Той завърта капачката и я подава на Анна.

Ръцете ѝ треперят, докато се опитва да отпие. Балард му помага.

Анна избърсва устата си с ръка. Все още виждам как пръстите ѝ треперят, когато подава обратно колбата. Балард ми предлага да отпия глътка. Отказвам заради бебето. Мони също отказва, но благодари на Балард за предложението.

Анна нарушава мълчанието. „А сега да продължим.“

***

Преди да стигнем до вратата на детската стая, тя се затръшва. Силата е толкова голяма, че ми се струва, че може да счупи пантите. Проправям си път покрай антуража, като използвам обиколката на детето си, за да си проправя път.

Когато стигам до вратата, посягам към джоба си за ключа. След като отключвам, се опитвам да завъртя дръжката. Казвам опит по две причини.

Първо, тя не помръдва, и второ, нажежена е до червено, толкова много, че крещя, когато кожата ми се стопява в нея. Сякаш металната дръжка се заварява към мен, а кожата ми изпича и мирише, сякаш ме пекат на барбекю.

Нажежената ми плът мирише почти на бекон, докато продължавам да се опитвам да се отделя от дръжката. Следващите няколко секунди сякаш времето е спряло и аз съсредоточавам ума си върху самата дръжка, а не върху болката. С едно движение се отделям. Дръжката се движи. За секунда си мисля, че ще се завърти и ще се отвори, но това не се случва.

Поглеждам наляво, където стои Мони, гледайки, чудейки се какво да прави, но не правейки нищо. Поглеждам към Балард, който гледа към Анна, която е със затворени очи и изговаря думи.

Гледам и се вслушвам в мърморенето ѝ, като разбирам, че тя прави заклинание или магия. Поне така изглеждаше въз основа на измислените телевизионни предавания, които бях гледала с участието на вещици.

Извършват ли медиумите заклинания или магии? Не бях сигурен, но каквото и да планираше, силно се надявах да проработи.

Докато тази мисъл минаваше през ума ми, топлината на дръжката на вратата се увеличи от девет на десет и аз извиках от болка. Балард се втурва към мен с шишенцето с ракия в ръка и плисва съдържанието върху ръката ми. Пуши и плюе и мирише на развален коледен пудинг.

Действа и ръката ми се измъква от дръжката. Балард ме отвежда далеч от вратата. Стоя неподвижно, докато Мони подава на Балард комплекта за първа помощ, който е взела от банята. Той увива ръката ми в марля, след като я напръсква с някаква течност за облекчаване на изгаряния. Тя охлажда температурата на кожата ми. Когато увива марлята около нея, болката е минимална.

Когато се връщаме в коридора, Анна я няма никъде, но вратата на детската стая стои широко отворена.

Този път Балард води, а ние с Мони вървим недалеч след него. Балард държи дясната си ръка протегната пред себе си, сякаш очаква пристигането на невидимото и непознатото. Ако имаше кръст в ръката си, той нямаше да е неуместен. Гледал съм прекалено много телевизия за мое добро.

Щом влиза в детската стая, Балард прошепва: „Анна“. Той застава на вратата, като пречи на Мони и на мен да влезем в стаята.

Няма отговор.

Балард влиза докрай, като продължава да вика Анна, а ние влизаме след него.

Прозорецът е широко отворен, както в деня, когато влязох в огледалото. Този вятър обаче е силен. Той издухва завесите напред. Те се вълнуват и се носят над пода като призраци.

Летящите завеси насочват погледа ми към огледалото. Мони и Балард правят същото, но този път са зад мен, докато вървя към огледалото. Одеялото, което някога е било застлано над огледалото, сега е смачкано на пода.

„Анна!“ викам.

Балард изкрещява името на съпругата си.

Въпреки че не го познавам, височината и тонът на гласа му предизвикват гъши тръпки по целите ми предмишници. Обръщам се и го поглеждам, като виждам чист страх. За мен беше абсурдно, че той е толкова изплашен. Балард е неин партньор във всяко едно отношение. Заедно животът им се фокусира върху това да помагат на хората да се свързват с близките си от другата страна. Те са професионалисти.

Проправям си път към огледалото. С една огромна крачка вкарвам цялото си тяло в него.

Последното нещо, което чувам, е как Мони изкрещява името ми.

***

От другата страна е пълен мрак.

Това е различно от преди. Страшно.

Правя две крачки напред. Нещо скърца под краката ми. Отдръпвам се малко встрани с надеждата, че каквото и да е, няма да е там, но то е там. Придвижвам се напред, стъпвам върху нещо по-голямо, преди да се спъна малко, след което спирам неподвижно.

Твърде уплашена, за да помръдна, осъзнавам, че това място е точно такова, каквото съм очаквала да изглежда вътрешността на огледалото. Това, което не очаквам, е миризмата. Тя е влажна като гниещи есенни листа и студена. Обгръщам се с ръце.

Не помръдвам, надявайки се очите ми да се адаптират и да свикнат с тъмнината.

Минават секунди. Все още не правя крачка в нито една посока. От време на време усещам как се люлея. Да стоиш неподвижно с такъв голям корем не е лесна задача. Имам чувството, че мога да се преобърна. Галя бебешката си бучка и се опитвам да остана спокойна.

Къде са горите, плажът и планините? Къде са слънцето и есенният вятър? Тук замръзналият въздух е неподвижен.

Чудя се дали това е друго измерение.

Защо това място ми е толкова непознато, когато другото ми се струваше уютно? Бях глупак да вляза, без да знам, че Анна е тук.

Чувам хрущене и после гласа на Анна. „Кат?“

Тялото ми се разтреперва, докато отговарям.

„Кат,“ казва тя, „трябва да се махнеш оттук.“

Галя бебешкото си коремче в опит за нормалност.

„Знаеш ли колко крачки си направила, след като си влязла?“ Анна ме пита.

Казвам ѝ, че не съм направила много крачки, но все пак не съм ги и броила.

Тя ме пита дали ще мога да се обърна, ако знам в коя посока съм дошла, и аз казвам, че мисля, че знам.

„Обърни се и тръгни в посока навън - инструктира ме Анна. „Аз ще следвам звуците от стъпките ти. Звукът ще ме води и ще излезем заедно“.

Мисля си за Дарил, когато се запознахме за първи път. С тези щастливи мисли на преден план в съзнанието ми се промъква един спомен. Става дума за нещо, което бях чела или гледала. За демони в тъмнината, които приемат гласовете на тези, които познаваме, понякога дори на тези, които обичаме. В него демоните се преструват на такива, каквито не са.

Успокоявам съзнанието си и отблъсквам тези мисли, като си набирам сили, мислейки за Дарил и бебето. Обръщам се и протягам ръце, за да усетя пътя си. Хрущенето ме кара да се чувствам паникьосана, но знаех, че не съм отишла твърде далеч. Вървя напред като сляпо зомби и не усещам нищо.

Правя още две крачки наляво, като все още се движа в същата посока като преди, и отново протягам ръце пред себе си. Все още нямам контакт с нищо. Още две крачки.

Ето го. Усещам го и пристъпвам напред. Балард и Моши ме издърпват през останалата част от пътя.

Анна се хваща за опашката на ризата ми и също преминава.

В безопасност сме.

Върнахме се.

***

Разплаквам се, докато Мони ми помага да прекося стаята. Сядам в креслото-планер, сякаш нося тежестта на света на раменете си. Галя бебешкото си коремче и си напявам Frere Jacques, за да успокоя сърцето и ума си. Момченцето ми не реагира с ритник, но не е по-зле от него.

Мони носи чаша горещ чай. Ръцете ми треперят прекалено много, за да я задържа. Тя я вдига до устните ми и аз отпивам глътка.

В ъгъла, настрани от слуха, Анна шепне на Балард, докато отпива от шишето. Тя трепери, а Балард от време на време поглежда в моята посока и после отново към жена си. Аз я бях спасил, върнах я обратно. Чудя се за какво си говорят, но съм твърде уморен, за да се вслушам в разговора им.

„Колко време?“ Питам Мони.

„Осем часа.“

„Не може да е било осем часа!“

„Навън е тъмно. Виждаш ли?“ Тя дръпва завесите и вместо дневна светлина показва тъмнина навън. Тя се навежда и пита: „Как беше Дарил?“

Синът ми ме ритва толкова силно, че дъхът ми спира. Галя крака му през кожата си. „Успокой се, сине.“

Мони изчаква бебето да се успокои, преди да попита: „Ако Дарил не беше там, защо те нямаше толкова дълго?“

„Не знам“, казвам, поглеждам в посока на Анна и се надявам, че тя може да даде някакви отговори. В края на краищата тя е единственият експерт в стаята.

Анна отдръпва още веднъж от колбата. Щом вижда, че се взирам в нея, тя се препъва в стаята. „Добре ли си?“

Анна застава от лявата ми страна, Мони - пред мен, а Балард - отдясно, сякаш съм център на полукръг. Потръпвам. Мони хвърля одеяло върху раменете ми.

Анна казва: „Огледалото има много лица. Това - посочва тя към него, - би трябвало да е унищожено.“

„Но защо?“ Питам с тракащи зъби. „То е в семейството ми от десетилетия и то доведе Дарил при мен“.

„Предлагам да го изпратите, ако не можете да го унищожите. То ще ви повика отново и ще ви изкуши да влезете, ако е в дома ви. Следващия път може да нямате такъв късмет. Следващия път може да останете там завинаги“.

„Слушайте жена ми“, казва Балард. „Тя знае за какво говори и единственото, което иска, е да предпази вас и детето ви от вреда“.

„Можеше да ни навреди, но не го направи“, казвам аз. „Беше тъмно и влажно, но съм бил и на по-лоши места, на много по-лоши места.“

Анна се поколебава, разхожда се малко, после казва: „Скърцащият звук. Какво си мислиш, че беше?“

Балард се приближава до съпругата си и прошепва в ухото ѝ. Двамата отново се обръщат към мен.

„Листата“, отговарям аз. „Мъртви листа.“

Очите на Анна светват, когато поглежда към съпруга си. „Това беше звук от чупене на кости. Костите на други, които така и не успяха да се върнат.“

Задъхвам се и се опитвам да не изкрещя. Мисля си за звука, който бях чула, и се чудя дали тя не си измисля, опитвайки се да ме изплаши. Ако бях стъпила върху кости, как ли щеше да звучи това? Как се усещаха под краката ми? Щяха да звучат точно като тези в огледалото.

„А сега да се махаме оттук - казва Анна. „Направили сме всичко, което можем. Не можем да бъдем повече тук. Помни ми думите, ако не унищожиш това нещо, то ще е на твоята глава“.

Докато те се отдалечават от мен, аз викам: „Защо не ме изчакахте? Защо влязохте в огледалото без мен? Преди това там беше съпругът ми Дарил. Всичко беше безопасно и добро. Защо не ме изчакахте?“ Изправям се и ги следвам, очаквайки отговор, обяснение.

Анна продължава да върви.

Балард спира, обмисля да каже нещо. Променя решението си. „Ела, любов моя. Тази жена не оценява жертвата или съвета ти.“

„Нейната жертва? Аз влязох там и я изведох навън! Аз я спасих.“

„Успокой се“, казва Мони. „Това не е добре за бебето.“

„Излизай от къщата ми“, крещя аз.

След като Балард закрепва куфара на гърба си, той и жена му напускат къщата ми.

Стоя там със стиснати юмруци, докато водата се стича по краката ми. Обхваща ме световъртеж и аз падам на пода.

***

В крайна сметка това не е вода. Това е кръв.

Разбрах това едва след като линейката с писък се появи на пътя ми и медиците ме прегледаха. Жизнените ми показатели са наред, но те настояват да отидем в болницата.

Почивайки си, привързана към апаратите и мониторите, се чувствам благодарна, че и двамата със сина ми сме добре. Нищо повече и нищо по-малко.

Мони се обажда на майка ми, която пристига бързо. Тя седи до мен, държи ръката ми и ми казва, че всичко ще бъде наред. Сега тя е заспала на един стол.

Като я гледам как спи, разбирам, че майките са като богове. Разчитаме на тях за всичко още от момента на зачеването ни. Когато ни обясняват, че всичко ще бъде наред, дори и да знаем, че не могат да знаят, пак им вярваме. Ако ни кажат, че небето е оранжево, ще трябва да им повярваме. Защо биха ни лъгали? Нашите майки са медицински сестри, лекари, съветници или консултанти, учители, философи и наши приятели. Майките носят толкова много шапки.

Усещам бебешката си подутина, мислейки за собствения си потенциал да изпълня ролята на майка и единствен родител за сина си. Надявам се, че ще мога да се сравнявам със силата и смелостта на майка ми. Ако успея да достигна осемдесет процента от това, което тя е била за мен, тогава ще съм на седмото небе от щастие.

Обмислям това, което ми каза лекарят. Кървенето не е било нищо сериозно. Временно състояние и то е спряло. Бебето е добре и има силен сърдечен ритъм. Все пак датата на раждане не е далеч и те искат да сме тук.

Унасям се, мислейки за Анна, разочарована. Толкова много се беше стигнало до нейното идване и до предложението ѝ да помогне. Бях помолила Мони да се свърже с нея, за да види дали може да запълни някои от празнините. Исках да знам какво се е случило с нея, преди да вляза в огледалото. Какво знаеше тя? Какво е видяла?

Исках да знам и защо беше скочила в огледалото, преди някой от нас да е влязъл в стаята.

Сълзите се разляха по бузите ми в тих плач. Даръл толкова ми липсва. Животът ми щеше да е много по-различен, ако той беше тук. Животът е твърде кратък, твърде ценен, за да пропилеем нито един миг.

Обръщам се към възглавницата и затварям очи.

***

Краката ми се отлепят от земята. Летя с крилата си на пеперуда монарх на открито. Издигам се все по-високо и по-високо в небето, докато самолетите минават покрай мен. Пътниците махат през прозорците си. Птиците спират. Една от тях сяда на рамото ми. Отваря и затваря човката си в песен, сякаш се опитва да разговаря с мен. Тя отлита, щастлива, че се е опитала да общува със своя небесен събрат.

Под мен се появява малко крилато човече. Погалих бебешката си подутина, но установих, че тя вече не е там.

Крилатият човек долу е моето дете. Крилата му са сини и черни. То се учи да лети. Проправя си път към мен, като се бори.

„Майко“, вика той.

Аз вися на място и го чакам да настигне.

„Майко“, вика отново.

Изтласквам се надолу, докато се окажем един до друг. Хващам ръката му.

Заедно се издигаме.

Отмятам глава назад, все още държейки ръката му в моята, и небето се променя от ден в нощ за част от секундата. Въздухът се превръща от топъл в студен, а вятърът се усилва и ни отблъсква.

Двамата със сина ми се вкопчваме един в друг, държим се здраво, размахваме криле в синхрон. Безсилни.

Гръмотевици се разнасят. Светкавици прелитат по небето зад нас, под нас, все по-близо и по-близо.

Пряк удар в крилата ми. Искра се запалва на неговите.

Падаме обратно, откъдето сме дошли.

***

Събуждам се с викове. Толкова за това, че не съм събудила мама.

Сънят беше толкова реален, толкова ярък. Накара мониторите да мигат и да пищят. Персоналът на болницата се втурна и пое контрола.

„Беше само сън“ - казвам, за да ги успокоя. Въпреки това те продължават да бързат наоколо.

Избърсвам съня от очите си.

Нещо не е наред с мама. Те не са дошли за мен.

Слагат я на болничното легло и я изкарват от стаята. Колелцата я изскърцват далеч от мен.

„Какво става?“ Викам. Опитвам се да се изправя, за да отида с нея, да бъда с нея. Трябва да настигна антуража.

Но аз съм вързан. Опитвам се да се освободя. Не достатъчно бързо.

Една медицинска сестра забива игла в ръката ми.

Последното нещо, което си спомням, е как я псувам.

***

Мони е до мен, когато се събуждам. Беше ден, когато заспах. Сега е тъмно. Всичко през прозореца изглежда черно и беззвездно.

Докато се опитвам да сглобя парчетата, синът ми ме рита изключително силно. Сякаш ми напомня да го поставя на първо място, сякаш имам нужда от напомняне. Първо, това беше онзи страшен сън. След това мама беше в беда, болна или нещо подобно.

Връщам се в реалността.

Мони ми подава чаша вода. С нея сме приятелки от толкова дълго време, че понякога ми се струва, че имаме телепатична връзка. Мони е най-добрата приятелка на света. Не знам какво щях да правя без нея.

„Благодаря - казвам, докато отпивам глътка и усещам как хладната вода си проправя път в съвсем празния ми стомах. Нищо чудно, че бебето ми рита като лудо. Имам нужда от презареждане, след като съм пропуснала да се храня днес. Не че болничната храна е нещо, за което да пиша вкъщи. Питам Мони дали няма да има нещо против да се измъкне и да ми купи нещо за хапване от бърза закуска.

Като обичайната си логична същност, Мони предлага да се обадя на сестрата. Да попитам дали не могат да направят нещо за мен, за да не нарушавам изискванията за хранене на мен и бебето. Звучи като добър съвет, макар че аз бих убила един чийзбургер, пържени картофи и шейк.

Медицинската сестра е отзивчива и казва, че ще донесе нещо специално приготвено за мен възможно най-скоро. На болничен език, което означаваше веднага щом достигна върха на йерархията. Първи влизат, първи се обслужват.

Разтривам бебешката си подутина с една ръка и отпивам още вода, за да задържа пристъпите на глад.

„Трябва да поговорим“, казва Мони.

„Слушам.“

„Първо, майка ти е добре. Имала е инсулт, но от това, което разбирам, не е бил голям. Не знам конкретни подробности, защото не съм от семейството, но оставам с впечатлението, че тя ще се възстанови напълно.“

Въздъхвам с облекчение и напомням на Мони, че тя е като сестрата, която никога не съм имала.

„Имам сестра - казва Мони, - но ти си моята сестра по избор“.

„Обичам те“, казвам аз.

„Аз също те обичам.“

Мълчим за момент и тогава тя казва: „Говорих с Анна за теб. Посещението в дома ти и в огледалото напълно ги изплаши. Тези двамата не са никакви новаци. Тя, искам да кажа Анна, никога не се е чувствала толкова близо до чистото зло, както когато беше в твоето огледало“.

Спомням си усещането за блаженство, когато бях с Дарил. Усещането за неговото докосване. Връзката му със сина му. Това, което тя казваше, ми се струваше нелепо и аз го казвам.

„Какво искаш да кажеш?“

„Първо, аз също бях там. Да, беше много тъмно. Беше влажно и дори малко миризливо, но не усетих присъствие на зло във въздуха. Ако злото се криеше в този мрак, то можеше да вземе всеки от нас по всяко време. Бяхме на неговата милост. Тогава защо не направи нищо?“

„Тя казва, че дяволът иска само душите на повредените. Тези, които са извършили зло или са извършили лоши дела. Единствените изключения са тези, които идват при него доброволно и които са с чисто сърце“.

„А Анна къде се вписва в този сценарий? Питам аз.

„Анна каза, че ако ти и по-специално бебето не сте били там, тогава онова нещо е щяло да я вземе. Казва, че й е нашепвало, че е изгубена, че е негова, преди да влезеш в огледалото. Когато сте го направили, от бебето се е излъчила светлина. Не била ярка светлина. Била е слаба, но е била достатъчна, за да разбере, че сте там. Тази светлина я доведе до теб и в последната възможна секунда тя те сграбчи и ти я измъкна. Без бебето, без теб, тя щеше да бъде изгубена, душата ѝ щеше да остане завинаги заклещена там“.

Без да се замислям, погалих крачето на бебето. Той се завърта в мен.

Поглеждам нагоре, когато в стаята влиза непознат човек с клипборд. Той носи бръчка, голяма колкото Гранд Каньон, но някак си е зачервен и блед едновременно.

„Вие ли сте Кат?“ - пита той.

***

Той не носи бяла престилка и не е роднина или приятел.

Кимвам, потвърждавайки, че съм си аз.

В отговор той извиква: „Внесете го.“

Двама разносвачи внасят голям покрит предмет.

Преди да го разкрият, вече знам какво е то. Огледалото.

„Какво прави това тук? Не съм ви молил да го донесете.“

„Подпишете тук.“ Мъжът подава на Мони химикалка. Първоначално тя категорично отказва да се подпише, но мъжът повишава тон. Заплашва, че ще вдигне шум, и тя подписва, но едва след като ѝ казвам.

„Ще измислим какво да правим с него, след като тези двама боклуци - без обида - си тръгнат“.

Мони се усмихва и аз също.

Доставчиците се оттеглят.

„А сега какво?“ Мони пита, заставайки възможно най-далеч от огледалото, без да излиза през вратата.

Чувствам се в безопасност там, където съм, на леглото, увита в завивките. Оттук мога да направя всичко възможно да игнорирам слона в стаята. Какво, по дяволите, прави тук и кой го е изпратил?

***

Телефонът на Мони звъни, което кара и двамата да подскочим. Тя е заета да бута огледалото встрани до прозореца.

„Ще се върна веднага“, казва тя.

На път да ме посрещне, новата служителка вижда огледалото и го открива. „Какво красиво огледало“, казва той. „Рамката и особено дървото са абсолютно зашеметяващи.“ Прокарва пръсти по гравираните, съединени ръце и казва: „Японско е, нали?“.

„Не знам, но е в семейството ми от десетилетия.“

Служителят позиционира огледалото така, че да се вижда в периферното ми полезрение. Част от него е обърната към мен, а друга част - към прозореца.

Той поглежда към задната му част. „Виждал съм нещо подобно и преди. Ако някога искате да го продадете, моля, обадете се тук и попитайте за мен или оставете съобщение.

Казвам се Даниел Чънг.“ Той ми подава визитката си.

„Ех, благодаря ви“, казвам, когато Мони се връща в стаята.

„Всичко ли е наред?“ - пита тя, като поглежда към огледалото и вижда как обслужващият персонал го опипва.

„Да - отговарям аз, - Даниел ми каза, че огледалото му се е сторило японско. Каза, че и преди е виждал нещо подобно. А и би се заинтересувал да го купи. Тоест, ако някога искам да се разделя с него.“

Мони пребледнява.

Даниел проверява пулса ми. Потвърждава, че всичко е наред, и ме пита дали имам нужда от нещо.

„Какъв странен човек“, казва Мони.

Водите ми изтичат.

***

Нещата се случват твърде бързо. Мониторите полудяват. Започват контракциите. Разширена съм и съм готова да натискам. Сърдечният ритъм на бебето спада, както и кръвното му налягане. Изкарват ме на колела в операционната и започват да ме подготвят за спешно цезарово сечение. Толкова ми се иска Дарил да е тук с мен.

Всичко е на ръце. Повдигат ме и влизат да спасяват сина ми.

Аз съм извън себе си, не виждам и не усещам нищо. Гледам как болничният персонал се движи наоколо. Слушам машините. Надявам се и се моля синът ми да се оправи.

Вдигат го, за да мога да го видя.

Той не плаче.

Той е син.

Крещя.

Някой забива игла в ръката ми.

Заспивам, знаейки, че синът ми е мъртъв.

***

Събуждам се и си спомням.

„Искате ли да го прегърнете?“ - пита една медицинска сестра.

Кимвам.

Тя излиза от стаята.

Ставам от леглото.

Синът ми пристига в стъклена витрина, завит със зелено одеяло. Носи подходяща плетена шапка.

Тя ми го подава. Сълзи се стичат по бузите ми, когато целувам хладното му чело и виждам как се отразяваме в огледалото в другия край на стаята.

Вървя към него.

Все още съм майка. Държа сина си.

Целувам всеки от клепачите му.

Земята под краката ми започва да се тресе, докато слънцето крещи светлина в стаята, в огледалото и в сина ми.

Клепачите му се отварят. Той ме вижда. Познава ме.

След това си отива.

Препъвам се, държейки в ръцете си лекото нищо.

Там, в огледалото, Дарил държи сина ни.

„Обичам те - казва Дарил и го целува по челото.

„Аз също те обичам“, казвам аз, когато синът ни започва да плаче.

Огледалото започва да се върти първо бавно, а после набира скорост. То се блъска и се сгромолясва, върти се, сякаш ще отлети.

Хипнотизирана, не мога да отвърна поглед.

Ръката на Дарил се протяга от огледалото и аз я поемам.

И ние сме заедно завинаги Дарил, нашето бебе и аз.

СМЪРТ ЖЕЛАНИЕ

Б еше му трудно да мисли за нещо друго.

Живееше в идеалното време. Време, в което можеше да намери всичко онлайн.

Видеоклипове и снимки. Всичко, което трябваше да знае за него. Дори неща, които го плашеха до смърт! И можеше да го прави на работа или у дома.

Всичко, което трябваше да направи, беше да държи отворени няколко таба и когато се налагаше, да превключва напред-назад. Сякаш беше шпионин и играеше на котка и мишка, за която само той знаеше, че се играе.

Прекарваше всеки свободен час - или колкото можеше повече - в проучвания. Подреждаше и пренареждаше парчетата от пъзела. Подготовката беше ключът. Събираше всичко, докато стане готов. Тогава щеше да е лесно и с всички факти на масата щеше да елиминира възможността за провал.

„Неуспехът не е опция“, каза си той и се зачуди кой ли пръв го е казал. Любопитен, той го потърси в Гугъл. Намери книга със същото име, приписвана на Джийн Кранц, ръководител на полетите в Контролния център на НАСА.

Проблемът с проучването в интернет - разсейването. Толкова е лесно да се отклониш от пътя. В тъмна дупка. Ако не го гледаше, времето щеше да отлети и скоро щеше да е прекалено стар, за да го прави.

И тогава имаше прекъсвания. Животът си имаше своите намеси, както добри, така и лоши. Трябваше да се изправиш пред него - можеше да преминеш през живота, правейки неща, които обичаш, или неща, които мразиш, но така или иначе, времето ти бягаше и нямаше какво да направиш, за да го контролираш.

Единственото, което можеше да се направи, беше да се затвори вратата, да се надяваш и да пожелаеш светът да изчезне. Понякога това не е било много добро чувство за онези хора в живота ви, които сте обичали, като например съпругата ви. Или кучето ви.

Понякога му се струваше, че трябва да падне, за да признае всичко на жена си. Да се хвърли в краката ѝ. Но после се замисляше как би се чувствал, ако тайната му не беше само негова тайна. Как щеше да му се налага да отговаря на въпроси и как решенията му щяха да бъдат открити за обсъждане. Всяка частица от него щеше да бъде разкъсана като коледен крекер.

Не, реши той. Тайната беше единственият начин. Освен това тя щеше да се тревожи. И можеше да въвлече други хора, като родителите му, нейните родители или техните приятели. Тогава котката щеше да бъде извадена от торбата.

Чудеше се откъде идва тази фраза. Потърси я и се засмя на дебатите в интернет, особено на сравненията с немското и холандското „прасе в кочината“. Скролваше надолу, искайки да открие името на автора, но се отказа, когато жена му „хем“, хем „хем“ зад него. Той превключи екрана на нещо неутрално.

„Още няколко минути“, каза той.

Тя затвори вратата след себе си.

Всеки път, когато пъхнеше глава във вратата... Дори и след като тя си тръгнеше... Той се чувстваше сякаш отново е на седем години и е хванат с ръка в буркана с бисквити.

Проклет католицизъм, помисли си той.

Чувстваше се виновен за всичко.

Не беше като да се дрогира или нещо подобно.

Той работеше.

Предимно работеше.

Вярно, не му плащаха, но все пак си беше работа. Имаше някаква цел. Той потърси думата „работа“. Едно от определенията беше: „форма на мъчение“.

Той се засмя.

Опита се да се съсредоточи, но не можа, защото се чувстваше адски виновен. Сякаш съпругата му непрекъснато го преследваше. Упрекваше го - което тя не правеше. Умът му крещеше: „Нима нямам значение?“ Той запуши ушите си и се разплака. Само мисълта, че тя го изобличава, че думите ѝ го пронизват като масло, го накара да захапе палеца си...

„Късате ли си палеца при нас, сър?“ - попита той празната стая.

„Каза ли нещо?“ - попита жена му през затворената врата.

„Не“, каза той. После под носа си каза: „Не си хапя палеца пред вас.“

Това бяха единствените редове от Шекспир, които си спомняше. Подобно на Шекспир, той беше малко кралица на драмата.

Върна се на работа, като сега се чувстваше виновен, че е излъгал Джейн.

Не беше и като да е гледал порно или нещо подобно. Някои от приятелите му имаха своите виновни онлайн удоволствия, но това не беше неговото нещо. Когато се хвалеха със завоеванията си, му се искаше да изчезне. Един от женените му приятели се беше регистрирал в няколко от тези сайтове за запознанства. Изпращаха му снимки на телефоните си, а той дори не ги беше срещал лично. И тогава имаше онлайн порнозависими. Те говореха за това, дори се хвалеха.

Това го караше да се чувства зле. Караше го да се срамува, че е мъж.

От друга страна, много от съпругите бяха излезли да си купят розови белезници с къдрички, след като бяха прочели онази секси книга в списъка на най-продаваните. Жена му също се опита да я прочете, но тъй като беше учителка по английски, не можа да преодолее лошото писане. Приятелките на съпругата му все я убеждаваха да опита. Казваха ѝ да не обръща внимание на стила на писане, но учителят в нея не ѝ позволяваше да го направи.

За пореден път бе позволил на ума си да се отклони. Потърси заглавието на секси книгата и откри в YouTube неподходяща кукла, която прочете няколко глави. Вкара слушалките в ушите си, слушаше и се смееше въпреки себе си. Някой си беше направил труда да го състави.

Но това не беше нищо повече от разсейване на вниманието. Трябваше да се върне към задачата си. Ненавиждаше себе си, когато не можеше да се съсредоточи, и въпреки това се разсейваше толкова лесно.

Точно тогава кучето му Бъди залая и той погледна часовника си. Бъди беше навън от близо тридесет минути.

Чувствайки се виновен, той скочи и направи няколко крачки към вратата, без да сменя екрана. Бъди отново залая и той се върна, за да затвори лаптопа си. По-добре да се пазиш, отколкото да съжаляваш, помисли си той, докато излизаше от стаята и тръгваше по коридора.

„Твърде малко, твърде късно“ - каза Джейн със смешен тон в негова посока, докато Бъди подскачаше към него.

„Съжалявам - каза той, - едва сега го чух.“

„Не се притеснявай“, каза тя, “бях по-близо.“ След това се върна към четенето и оценяването на работите на учениците си.

Той и Бъди се върнаха по коридора и влязоха в кабинета му. „Съжалявам, Бъд“, каза той, когато кучето седна на пода и започна да ближе лицето му. „Липсваше ли ти, Бъди?“ - попита той многократно, докато Бъди лаеше с „да“.

„По-добре да се върна на работа, Бъд“, каза той примирено.

Върна се в кабинета си. Седна, решен сега да се съсредоточи.

Наведе се по-близо до екрана, като през цялото време преценяваше плюсовете и минусите. Не записа нищо, нито си направи някакви бележки. Ако го направеше, тогава някой можеше да ги намери и да ги прочете. Тогава щеше да му се наложи да обяснява всичко, а това нямаше да е разговор, в който искаше да участва, нито сега, нито някога.

„Искаш ли чаша чай?“ Джейн се обади от кухнята.

„Не, благодаря“, каза той.

Разсейване и още разсейване. Пет прости думи като „Искаш ли чаша чай“ можеха да накарат мозъка му да се завърти в спирала. Той започваше да мисли за това и онова и как всичко е свързано. Следващото нещо, което знаеше, беше, че е малко момче, което се люлее на люлките в задния двор на родителите си. После се виждаше как се люлее на дърво в парка. Щеше да е твърде изтощен, за да прави каквито и да било изследвания. Не физически, разбирате ли, а психически.

Днес обаче беше предимно неговият ден. Беше неделя и Джейн щеше да прекара по-голямата част от деня в оценяване на документи, а след това в приготвяне на вечеря. Разбира се, тя очакваше той да излезе от „пещерата“ си в някакъв момент. Така тя наричаше кабинета му. Пряка препратка към онази книга, която беше видяла в предаването на Опра. Жена му беше подарила копие от нея с надеждата, че ще го изведе от мъжката му пещера. Не можеше да си спомни повода, но от това, което се беше опитал да прочете, му се стори като глупост.

Джейн почука отново.

Имаше достатъчно време да кликне отново на страницата на сайта на компанията си, преди тя да обгърне врата му с ръце и да го целуне по върха на главата.

Той неволно сви рамене. Спря работата си, като си представяше, че тя се интересува от всичко, което е показал на екрана.

Беше се заинтересувала, защото коментира, че Фейсбук е отворен в друг прозорец. Чувстваше се като такъв глупак, който си губи времето в неделния следобед, разглеждайки „Фейсбук“. Или казано по друг начин, чувстваше се като тъпак, защото Джейн си мислеше, че в неделя следобед той предпочита да прекарва времето си в разглеждане на „Фейсбук“, вместо да прекарва време с нея. Това изобщо не беше така и той искаше да я увери в това.

Но в същото време си помисли, че може би каквото и да си е помислила тя, в този момент това е спорно.

Той небрежно превъртя служебната си поща, преструвайки се на изключително зает, когато изскочи прозорецът за актуализация на състоянието. Той го затвори бързо, като си пожела Джейн да си тръгне.

„Ще бъдеш ли готова да тръгваш съвсем скоро, любов?“ Попита Джейн.

„Разбира се, дай ми пет минути“, каза той и когато тя наближи вратата, „или може би десет?“.

„Добре, десет е, но днес наистина трябва да подишаш малко свеж въздух. Както и аз. Освен това ще приготвя водача на Бъди и той също може да дойде с мен.“

„Добра идея“, каза той, знаейки много добре, че Бъди очаква с нетърпение да излезе повече от него.

***

Достатъчно е да кажем, че тяхното излизане навън не продължи много дълго. То доведе до търговския център. Тълпи. Хора, получаващи заплати. Харчене на време. Хемороидни Н-ове за следващата седмица. Той се усмихна, но не почувства нужда да сподели шегата си с Джейн.

Джейн предложи да прибере всичко, така че той ѝ позволи.

Искаше и трябваше да влезе в бърлогата си и да затвори вратата. Направи се на костенурка, щом влезе вътре, с ризата си, обгръщаща главата му. Седеше така, търсейки утеха и тишина, докато се успокои достатъчно, за да започне отново изследванията си.

Когато главата му отново се надигна, той чу как Джейн приготвя вечерята. Тя си гукаше по стария радиоканал. Той си представи как Джейн е до печката, а Бъди седи там и търпеливо чака един-два вкуса да му донесат.

Това беше Бъд-мистърът за вас. Винаги чакаше и с тези очи, които гледаше, трябваше да му подхвърлиш нещо. Толкова щеше да му липсва това куче.

Той почука няколко пъти с кокалчетата на пръстите си като професионален пианист. После проследи пръстите си по клавиатурата. Търсене в Google. Това, което изскочи, обаче беше напълно различно от всичко, което беше виждал досега!

Беше онлайн. Имаше истински видеоклипове на хора, които го правят. Правеха го! Гледайки първото, той се почувства почти като човека от видеото. Сърцето му се разтуптя и пулсът му се учести. Не можеше да повярва, че самото гледане на видео може да предизвика такава реакция.

Някой би трябвало да се оплаче от това, помисли си той, а след това и аз да се оплача от това. Но нямаше да го направи. Той изгледа още едно, и още едно, и още едно. Всеки път му се струваше, че самият той е лицето, което представлява интерес. Всеки път сърцето му едва не изскачаше от гърдите му.

Той го изключи. Беше прекалено. Прекалено много!

Продължи да възпроизвежда видяното отново и отново в главата си. Не можеше да избяга от него. И колкото повече мислеше за това, толкова повече се плашеше. Колкото повече се плашеше, толкова повече намаляваше смелостта му, докато не се зачуди дали може да го направи.

Всичко беше в очите. Паникьосаните очи на жертвите!

Той разгледа изражението на лицата им. Реши, че изглеждат по този начин, защото за разлика от него не бяха направили предварително проучване.

Помисли си, че сигурно просто са взели решение и са го направили. Тази идея не можеше да проумее.

Беше прекалено рисковано, а и какво щеше да стане, ако си променят мнението?

Ами ако той промени решението си в последния момент?

Не искаше това да му се случи.

Със сигурност беше различен от тях.

Може би беше прекалено предпазлив.

Може би беше твърде скучен и твърде отегчителен, за да може да промени живота си - да може да поеме контрола над живота си. И всичко това се дължеше на факта, че толкова дълго време беше на милостта на корпоративната бягаща пътека. Той и всички останали хамстери. Включваше се и се изключваше, изключваше се и се изключваше, без да има какво да покаже.

Той мразеше живота си. Да, обичаше Джейн и обичаше Бъди, но животът е нещо повече от работа и легло.

Да, правенето на любов беше хубаво и прегръщането беше хубаво. Приятелите и семейството и всички тези емоционални глупости бяха хубави. Но животът трябваше да предлага и нещо повече. Просто трябваше! И той щеше да протегне ръка и да грабне този пръстен, преди да е станало твърде късно.

Защото знаеше, че ако скоро не направи нещо, което да направи съществуването му на тази планета значимо - тогава можеше и да не е тук.

Той затвори лаптопа си, сведе глава и заспа.

***

В съня си той нямаше крака. Беше само глава и торс, седеше на бюрото и пишеше. Не разполагаше и със специален стол. В съня си той седеше на същия стол, както винаги, с ролки на краката. Когато пишеше, вибрациите от движението на пръстите му по клавиатурата караха торса му да се движи и поклаща. Тъй като столът нямаше подлакътници, торсът му се накланяше по посока на ръката, с която пишеше. Беше странно, но той не се страхуваше, че ще падне настрани. Чувстваше се безстрашен и колкото и да е странно, вдъхновен.

Тогава една песен започна да звучи много силно, някъде на заден план. Беше Моцарт или Бетховен, или някой от онези класически композитори. Нещо в главата му го накара да копнее да докосне пръстите на краката си - но той нямаше пръсти. Той се събуди и нададе вик.

Джейн и Бъди дотичаха и отвориха вратата. „Имаш отпечатък от ябълка на бузата си - каза Джейн, щом разбра, че е добре.

„Съжалявам", каза той.

„Вечерята е почти готова - съобщи му тя.

„Добре", каза той.

Тя направи предложение да затвори вратата зад себе си, но той каза, че няма проблем да я остави отворена. Тя имаше странно изражение на лицето си, но не каза нищо повече.

След като се присъедини към нея в кухнята, той отиде до хладилника за една бира. Вечеряха в приятна, но не разговорлива обстановка. Обичаха се, но понякога любовта не беше достатъчна.

Не беше достатъчна, когато Джейн разбра, че не може да има семейството, което искаше. Беше преминала през тест след тест и всичко изглеждаше наред. А след това той беше подложен на тест и надеждите и мечтите им просто се разпаднаха. Той нямаше достатъчно здрави плувци. Тогава всяка надежда да има семейство беше умряла.

Отначало тя се отнасяше благосклонно към това. Сякаш изпитваше облекчение, защото проблемът беше негов, а не неин, което беше добре - но това някак си го накара да се почувства по-малък мъж. Той никога не й говореше за това. Нито пък за някой друг.

След първоначалния шок двамата обмислиха други варианти като осиновяване, ин витро или сурогатно майчинство. Нито една от тези възможности не му допадна. В сърцето си той чувстваше, че Джейн заслужава някой по-добър от него. Някой, който би могъл да ѝ даде всичко, което иска.

Точно по това време двамата с Джейн се връщаха отнякъде и забелязаха приют за домашни любимци. Бездомни кучета и котки. Преди това двойката не беше обмисляла възможността да осинови домашен любимец.

„Можем да разгледаме“, предложи Джейн.

„Мисля, че няма да навреди“, съгласи се той.

След като влязоха в приюта, лаят и мяукането ги поразиха силно. Две какадута се включиха в разговорите.

Чувстваше се клаустрофобично и му се искаше да се измъкне.

Джейн започна да говори на едно от какадутата и те сякаш харесаха тона на гласа ѝ. Тя го погледна с обнадеждаващо изражение.

„Не съм съгласен с поставянето на птици в клетки - каза той.

„Хм - каза тя, докато се придвижваше към котките. „Толкова много от тях" - отбеляза Джейн. „Трудно е да се избере."

„Бих предпочел куче", каза той.

„Хммм", повтори тя.

Вследствие на това скитането им из приюта ги доведе до Бъди. Тогава името му не беше Бъди.

Служителите на приюта го бяха нарекли Бъстър и той беше в приюта от малко повече от месец. Беше голяма топка козина, с твърде големи за тялото му крака. Той тромаво си проправяше път към тях. Препъваше се и се сриваше. Докато кучкарят безуспешно се опитваше да го обуздае. Но Бъстър сякаш имаше еднопосочно съзнание.

Той си проправи път право към тях. Размаза тялото си на земята в краката им. Кучето го погледна право в очите и нямаше съмнение, че Бъстър щеше да бъде осиновен още същия ден.

„Мога ли да му променя името на Бъди?" - попита той.

„Не знам - пробвай", предложи кучкарят.

„Ела тук, Бъди", каза той. „Ела тук, момче."

Ушите на Бъди се отпуснаха назад и той скочи в ръцете му. В този ден те станаха семейство от трима души и от този момент нататък животът им се въртеше около Бъди.

Очите му все още се насълзяват всеки път, когато си спомни за този момент. Бъди щеше да му липсва, както и Джейн, но щяха да го преодолеят. С времето щяха да продължат напред и щяха да станат по-добри.

Или поне това си повтаряше.

Вечерта си легнаха по едно и също време. Тя четеше книга, а той се опитваше да чете, но нищо не можеше да задържи вниманието му. Така че той просто мислеше и гледаше, мислеше и гледаше. А когато Джейн му говореше за книгата, която четеше, той кимаше, но не слушаше истински. Тя не очакваше да го направи. Бъди беше в края на леглото и хъркаше много преди тях.

Когато тя заспиваше, той ставаше и се разхождаше. Не позволяваше на Бъди да се разхожда с него, защото лапите му, които тропаха нагоре-надолу по коридора, щяха да събудят Джейн. По някое време през нощта той реши, че действа прибързано. Беше си казал, че просто трябва да изкара още една седмица на работа и после всичко ще се оправи от само себе си.

Знаеше, че се бави, но нищо не се беше променило.

Това беше неизбежно.

***

И все пак дойде понеделник сутринта и алармата се включи.

Той отиде в Бъди и изяде един препечен хляб с масло. Изпи чаша кафе и целуна Джейн за довиждане, преди да потегли към офиса. Седя двайсет минути в задръстването. Слушаше новините и разговорите, докато не му се прииска тишина. Вдиша дълбоко, докато колите се придвижваха напред на всеки няколко мига.

„Защо чакам в задръствания всеки ден, за да стигна до работа, която мразя?“ - запита се на глас.

„Защо съм такъв мрънкач?“ - отговори той с друг въпрос.

Защото трябва да направиш нещо - каза един глас в главата му. Трябва да дадеш тласък на сърцето си. Трябва да бъдеш безстрашен. Трябва да се изпикаеш или да слезеш от гърнето!

По-лесно е да се каже, отколкото да се направи, помисли си той. По-лесно е да се каже, отколкото да се направи.

В офиса той поздрави рецепционистката, която каза, че шефът чака вътре.

„Имаме ли насрочена среща?“ - попита той, докато прелистваше разписанието на телефона си.

„Не“ - потвърди тя.

Докато влизаше в кабинета, той усети как по челото му се образува капка пот. Шефът му се изправи, размениха си поздрави и си стиснаха ръцете, сякаш се виждаха за първи път.

Странно, помисли си той, след като работя тук от седем години.

„Седнете - каза шефът му. Звучеше като директна заповед, така че той го направи, въпреки че се намираше в собствения си кабинет. На собствената си територия.

„Какво мога да направя за вас, господине?“ - попита той.

„Беше ми обърнато внимание, че напоследък прекарвате доста време - не, трябва да бъда откровен с вас - доста време в Google. Не сте привлекли нови клиенти. Честно казано, аз съм... ние, като фирма, знаете, сме притеснени, защото вие не се справяте. Не се справяте. “

Той се поколеба за няколко секунди. Устата му се отвори, но после я затвори, без да каже нищо.

„Какво имаш да кажеш за себе си?“ - попита го шефът му, “Някакво обяснение?“

„Аз... не“, заекна той. „Аз просто...“

„Изплюй го, момче“, каза шефът. „Трябва да има някакво обяснение!“

Той само поклати глава.

„Може би имаш семейни проблеми?“

„Не.“

„Алкохол? Наркотици? Смърт в семейството? Развод?“

Той поклати глава с „не“. Само ако беше вярно!

„Хайде, човече - каза шефът му, като ставаше все по-раздразнителен. „Дайте ми нещо, с което да работя. Каквото и да е!“

„Бях под голям стрес. Много напрежение.“

„Да, ето ти го сега, момче. Знам, че те хвана неподготвен, като влезе неочаквано в кабинета ти, но сега вече се справяш, момчето ми. Разкажи ми повече. С какво можем да ти помогнем? Имам предвид себе си и партньорите.“

„Наистина не знам“, каза той. „Мисля, че ще е най-добре, ако ме уволните.“

„Сега, сега, кой е казал нещо за уволнението ви? Все още не сме стигнали до този момент. Имате седем - пребройте ги - седем добри години зад гърба си тук. Е, нека бъдем реалисти - вероятно са повече от шест и половина, но ти си ценен член на нашия екип. Искаме да ви помогнем, ако ни позволите. С какво можем да ти помогнем, момчето ми?“

„Ако не искате да ме уволните, бихте ли помислили за отпуск? Може би един месец отпуск? Без заплата е добре. Нямам нищо против. I-“

„Казвате, че е без заплата. Е, няма нужда да оставате без заплата. Ще подготвя документите още днес. Ще го наречем „Отпуск от стрес“. Един месец, напълно платен. Вземете жена си и Бъди и отидете на хубава почивка някъде. Отпуснете се.“ Той се изправи, наведе се през бюрото и отново си стиснаха ръцете.

„Благодаря ви, сър“, каза той. „Благодаря ви. Наистина.“

„Хедър ще ви даде документите за подписване преди края на деня. Работете днес, довършете всичко, което можете, а след това делегирайте останалото на някой друг. Ще изпратя съобщение до цялата компания, в което ще кажа, че имате един месец отпуск - но няма да казваме защо, разбира се“. Той докосна носа си, сякаш за да потвърди общата им тайна. „Това ще си остане между нас.“

Той се изправи и поведе шефа си към вратата. Шефът му го потупа по гърба.

„Грижи се за себе си и не се притеснявай за нещата тук. Ние ще поддържаме крепостта, докато се върнеш.“

„Още веднъж благодаря, господине“, каза той и дори успя да се усмихне за миг.

След това седна на компютъра си и отново се върна към изследванията си. В края на деня всички се събраха около него. Той се надяваше, че не са му купили подаръци или нещо друго. Не му бяха купили.

Това беше добро изпращане. Той събра всичките си лични вещи в чантата и се почувства много облекчен, когато се върна в колата си.

Както обикновено, той пристигна у дома преди Джейн. Изведе Бъди на бърза разходка из квартала и се върна при компютъра си. Погледна завещанието си и се замисли дали да не направи няколко промени.

Джейн все още беше единственият благодетел. Реши да остави нещо на приюта за домашни любимци, където намериха Бъди. Това беше добра сума - с парите можеха да помогнат на много бездомни домашни любимци, а и по този начин животът му щеше да има смисъл.

„Ела тук, Бъд", каза той. „Сега трябва да се погрижиш за Джейн, добре? Разчитам на теб."

Бъди скочи и сложи лапи на раменете му. Двамата се прегърнаха. Той избърса една сълза от очите си.

Заедно отидоха в кухнята. Той напълни купичката с храна на Бъди, а след това пусна хладка вода от чешмата и напълни купичката му с вода.

Бъди се пресегна направо към храната, но той го хвана за още една прегръдка. Той се пребори с хлипането, докато отиваше в спалнята и започваше да събира чантата за нощувка. Хвърли в нея само най-необходимото, остави паспорта си на плота на бюрото, а после седна да напише бележка на Джейн.

Тя гласеше:

Скъпа Джейн, обичам те повече от всичко, но мисля, че ще ти е по-добре без мен. Моля те, погрижи се за Бъди заради мен.

Съжалявам, че трябва да е така, но дадох обет да те направя щастлива и това е единственият начин.

ХОХО безкрайност.

Твоят любящ съпруг.

Докато шофираше по магистралата за принцеси, той си мислеше за нещата, за които най-много съжаляваше. Не беше последвал мечтите си. Не беше позволил на Джейн да преследва своите. В първите дни те бяха сила, с която трябваше да се съобразяват. Но сега - ето, нещата бяха различни. Тя искаше да пътуват, да летят, да излитат и да споделят приключения заедно, но той винаги се отдръпваше.

Съжаляваше за този страх. Мразеше себе си заради този страх.

Това го караше да се чувства като по-малко мъж. И тогава, когато нямаше достатъчно плувци - е, това беше сламката, която пречупи гърба на камилата.

Тогава той започна да поставя всичко под въпрос. Защо е бил поставен на земята? Каква е била целта му?

Как би могъл да промени нещата?

Той си спомни за тази сутрин, когато целуна Джейн за последен път. Разбира се, тя не го знаеше, но той го знаеше. Дори и да не му бяха дали един месец отпуск, той за нищо на света нямаше да се върне утре. Не, той имаше други планове. Други места, където да бъде. Други неща за вършене.

За първи път от много дълго време насам той имаше цел.

Тогава трябваше да спре колата, да спре. Едва успя да излезе от колата навреме. Ръцете му трепереха, докато повръщаше.

Нерви. Страх. Гняв. Унижение. Всичко това преминаваше през организма му и го разтревожи.

Докато се качваше обратно в Lexus-a, телефонът му започна да звъни. Беше Джейн. Той натисна бутона, за да спре да звъни, и изпрати обаждането направо в гласовата поща. Миг по-късно телефонът светна със съобщение. Натисна бутона, за да го изслуша.

„Току-що се прибрах и намерих бележката ти - не разбирам. Приятелят и аз не разбираме." По даден повод Бъди излая. „Върни се вкъщи, добре? Ела вкъщи и ще можем да поговорим за това. Да го обсъдим." Тя подсмърча. „Ти там ли си? Слушаш ли? Слушай!" Гласът на Джейн замлъкна за няколко секунди. Съобщението се забави. Тя се обади отново. „Знам, че слушаш, по дяволите, ти, ти - обичам те. Отговори ми!"

Той закачи слушалката, изключи телефона си и го сложи в жабката. Те щяха да го намерят там - след това.

Докато се отдалечаваше от бордюра, накара колелата на колата му да изскърцат. Той разпали двигателя, натисна крака си към пода и потегли.

Шофира през по-голямата част от нощта. Чувстваше се малко параноично, че Джейн може да намеси полицията, но нищо не се случи. Надяваше се, че тя няма да му се разсърди твърде много.

Нямаше как да се върне назад.

Освен това не му се искаше.

В края на краищата беше постигнал всичко, което искаше - всичко, което можеше.

***

Застанал на върха на планината, колянете му се разтресоха неудържимо. Той избута няколко камъка от ръба и наблюдаваше как те падат по пътя си към дъното. Слушаше как те си проправят път надолу, щракайки и блъскайки се в камъка. Накрая чу само най-слабото плющене, а след това най-сетне настъпи тишина.

Гледката беше страхотна - Сините планини - и сега всичко, което беше прочел за тях, имаше смисъл. Когато застанеш тук горе, се чувстваш малък по размер и ръст, но част от нещо по-голямо от теб. Чувстваше се едно цяло с вселената и някак си не се страхуваше.

Точно тогава група шумни какадута му съобщиха за своето присъствие. Техните силни, високочестотни писъци го накараха да запуши ушите си.

Не трябва да правиш това - каза си той. Не трябва да доказваш нищо на никого. Можеш да се обърнеш и да се върнеш у дома при Джейн и Бъди и никой няма да разбере. Джейн ще разбере, ако просто обясниш какво се е случило в офиса. Тя напълно би разбрала и би те подкрепила.

Той обмисли това за още един миг, докато наблюдаваше как облаците си пробиват път през небето.

Истината беше, че не можеше да живее със себе си. С постоянния страх. Беше твърде много, за да го остави настрана и да се върне у дома, преструвайки се, че това никога не се е случвало. Ако сега се откажеше и се върнеше към живота такъв, какъвто беше, тогава нямаше да може да се погледне в огледалото. Вече нямаше да е мъж, не съвсем. Щеше да е нищо. Животът му нямаше да означава нищо.

„Сега или никога“ - каза той.

И когато моментът настъпи, той не мислеше повече за това.

Беше напълно отдаден, за първи път в живота си.

Приближи се до ръба и просто остави тялото си да падне напред, започвайки от главата. Беше лесно, заради стръмното спускане. Скоро раменете, торсът и краката му се спускаха надолу в идеален синхрон.

Той изкрещя. Не можеше да се сдържи. Стисна здраво очи, концентрирайки се, докато вятърът го мяташе и блъскаше като марионетка.

Принуди се да отвори очи и сякаш полетя.

Чувстваше се като в безтегловност и изглеждаше, че му е писано да бъде точно такъв - да се издига. Той се засмя, докато потъваше към дъното като камък.

Всичко свърши след няколко минути.

„НАПЪЛНО ИЗВЪН ТОЗИ СВЯТ!“ - възкликна той, докато висеше с главата надолу на края на бънджи въжето.

„Отново! Отново!“ - извика той, докато го вкарваха обратно.

ДОВИЖДАНЕ

„Разкажи ми историята на първата ти среща с татко“, попита седемгодишната ми дъщеря, въпреки че беше чувала същата история много, много пъти.

„Сигурна ли си, скъпа?“ Попитах, знаейки много добре какво ще отговори тя.

„Моля те!“ - каза тя и ме погледна с онези големи сини очи, които беше наследила от татко си.

„Дългата или съкратената версия?“ Попитах, като избутах един кичур коса от очите ѝ.

„Дългата!“ - каза тя и заръкопляска, сякаш никога нямаше да заспи.

„Шшш“, казах аз. „Хм, а сега откъде започна всичко това?“

„Довиждане“, каза татко“, изръмжа дъщеря ми.

„Точно така, скъпа“, отвърнах аз, като пропуснах частта за това, че татко ѝ ме бутна към вратата на колата.

Грабнах чантата си, промуших ръката си през ремъка и хвърляйки тежестта си към вратата, сякаш бях линейна защитничка, я бутнах. Декомпозирайки първо дясната си обувка с висок ток, не след дълго осъзнах, че сме спрели до дълбока до глезена локва. Преди мозъкът ми да успее да регистрира това, за да избегне навлизането на левия ми крак в нея, той вече го беше направил. Все пак се измъкнах, измъкнах се, независимо от това какви щети нанесе на любимите ми обувки.

„О - казах аз, вече напълно излязла от автомобила с гръб към шофьора.

„Тогава сте стъпили в локва!" - изпищя дъщеря ми.

„Да, и баща ти се изхили, докато потегляше с едно завъртане на задната гума, в резултат на което съдържанието на локвата се разпръсна върху останалата част от мен. Отмахнах мръсната студена миризлива вода, като я отблъснах, преди да се е утаила върху роклята ми. С другата ръка вдигнах среден пръст по посока на напускащия автомобил.

Спрях се, защото бях забравила да редактирам тази част.

„Защо го направи?" - започна дъщеря ми.

„Няма значение - продължих аз, - тъкмо навреме, за да зърна чантата си, която подскачаше покрай автомобила. Ах! Тази черна чанта ми беше дала десет години щастие, защото отиваше на всичко и във всяка ситуация. Двойно предназначение, можеше да се носи или през рамо, или през рамо и през гърдите ми. В нея имаше вградени отделения за всичко, включително и за телефона ми."

„О, не, телефонът ти!“ - възкликна тя.

„Да“, казах аз с усмивка. „Как изобщо щях да се измъкна от това задръстване? По-важното е, че се чудиш как изобщо съм стигнал дотук. И на това ще се спра след малко, но първо трябва да преценя ситуацията си. Да си направя равносметка и да поема контрола. Първо, изцедих водата от обувките си, когато слязох от пътя, през росната трева и стъпих на тротоара. Обух обувките си обратно, мокри като тях, избирайки мокрото пред всякакви страховити нощни пълзящи, които можеха да се крият наоколо, и се насочих към най-близката улична лампа.

„Сега, като поставих ръце на бедрата си в стойка на Жената чудо, се заех да съставя план как да се измъкна от задръстването, в което бях попаднала.“

„Беше хубав квартал“ - каза тя.

„С поддържани тревни площи, без нито една тревичка или автомобил - всички бяха прибрани на сигурно място в двойните или тройните си гаражи. Хубави къщи, с хубави хора. Дали? И така, реших без отлагане да избера една къща, да почукам на входната врата и да помоля за помощ. Избрах къщата, късметлийски номер седем, и се запътих към нея. По пътя“

„Ти се самосъжаляваше, мамо.“

„Сигурно. Не заслужавах да се озова насред непозната територия, късно през нощта, цялата мокра, миризлива и без пари. Когато се приближих до избрания, номер седем, въздухът се изпълни със свистене, последвано от свистенето на автоматична пръскачка, която си проправяше път. Отначало не побягнах, вече бях мокър, но когато водната струя се обърна към мен, крещейки, се затичах. Сега лицето ми беше мокро от сълзите, които не бях плакала, докато пресичах моравата на дома, който се надявах да ме спаси. Номер седем.“

„Никога не трябва да говориш с непознати, мамо - каза дъщеря ми.

„Така е, скъпа, но аз бях в беда, мокра и без телефона си. Винаги имаш телефона си и в него са номерата на татко, баба и леля Лил“.

„И аз знам твоя номер, номера на татко и на баба в главата си“.

„Точно така, бебе. И така, да се върнем към историята. Не се ли уморяваш още дори малко?“

„Не, все още чакам най-хубавата част!“

Продължих: „Сега, когато бях тук, се зачудих колко ли е часът. И се чудех дали някой си е вкъщи. И се чудех, ако са си вкъщи, дали ще ми помогнат. Бях мокър, мръсен и нямах документи за самоличност. Увереността ми намаляваше с всеки изминал момент, докато се обръщах, опирайки се на звънеца на вратата, който резонираше от горе до долу в къщата, докато светлините се включваха и изключваха. И аз побягнах. Върнах се към мястото, където ме бяха оставили. Познат терен, като че ли. Щях да отида до магазина на ъгъла, където щяха да имат телефон, който щяха да ми позволят да използвам, и щях да мога да се обадя за помощ и да им изпратя парите за обаждането. Да, точно това възнамерявах да направя, докато една кола не зави покрай мен и вътре не разпознах едно приятелско лице. Наистина и наистина бях спасен!“

„Това беше леля Лил!“ - изръмжа дъщеря ми и, разбира се, беше права.

***

„Пътувайки в колата с Лил, си спомних за моя несподелен любовен интерес към Джаспър Уинтърс. Бях го наблюдавала отдалеч - русата му вълниста коса, сините му очи, носът му с изпъстрена с лунички кожа. Беше толкова мил, толкова внимателен. Винаги излизаше с едно или друго момиче и приятелите ми казваха, че манията ми по него се доближава до етапа на преследване. Ето защо се съгласих да се противопоставя на единственото нещо, което винаги съм отказвала да направя - да изляза с напълно непознат човек на сляпа среща. Да, със същия човек, който сега държеше чантата ми като заложник. Името му е Адам Трент.“

„Моят татко!“ - изръмжа тя. „Това е най-хубавото.“

Усмихнах се.

„Това беше първата ни среща, по-рано днес в залата за хранене в търговския център. Мястото на срещата беше уговорено и то беше на обществено място. Някъде, където можехме да разговаряме с много движение около нас. Тази обстановка щеше да свали напрежението. Щеше да направи така, че пропуските, когато никой от нас нямаше какво да види, да не са толкова безрадостни. Има ли изобщо дума „нещастен“? Не знам, но разбирате същността. Чрез наш общ приятел се съгласихме, че това е възможност да се опознаем лице в лице. Ако имахме връзка, предварително се договорихме да организираме следващата среща, която щеше да включва или кино, или вечеря. Следващата стъпка само ако и двамата усещахме връзка. В противен случай и двамата се съгласихме, че това е hasta la vista baby! Adios и good riddance! Ако само бях знаел тогава това, което знам сега! Тогава нямаше да съм в това положение. Но както се казва, погледът назад е 20/20. Когато за пръв път го съзрях от другата страна на площадката за хранене, той не беше от хората, които се открояват в тълпата. Това веднага ми хареса в него, че се сливаше с околните като мен, а когато изтървах името му, Адам Трент на езика си, докато го произнасях, то му подхождаше и веднага се отпуснах.“

„Любов от пръв поглед“ - възкликна дъщеря ми.

„Беше“, казах аз. „След като се представихме, побутнахме се с лакти, тъй като и двамата носехме задължителните си маски, той ме попита какво искам да пия и отиде да донесе кафето. Поръча ми правилно, сметана и една захар, което ми показа, че е добър слушател, почувствах надежда. Докато седяхме и отпивахме от кафетата си, разговаряхме с чувство на познатост, като нещо повече от познати, по-близки до приятели. Той се смееше, но не прекалено силно. Мразех хората, които се смееха много силно, привличайки вниманието към себе си. Адам не беше такъв. Беше внимателен, мил, разбиращ и говоренето с него ми се струваше нормално. Или трябва да кажа като новото нормално, тъй като разговаряхме свободно, докато носехме защитните си маски. Все пак не мисля, че щях да сгреша, ако някой ни наблюдаваше, щеше да му е ясно, че се чувстваме добре в компанията на другия. Напредвахме в разговора си от едно нещо към друго доста лесно и скоро той ми каза, че през есента ще учи в университет. Доста несръчно му съобщих, че ще си взема една година отпуск. Не му казах подробности, че трябва да изкарам пари, преди да се върна. Това беше твърде много информация и не беше нещо, което той трябваше да знае за мен. Не му казах и че съм спечелила стипендия, за да следвам класическа английска литература.“

„Надявам се да специализирам в областта на литературата на двадесети век - разкри той.

„Уау!“ „Искам да специализирам класическа английска литература!“ възкликнах аз.

„С тази голяма обща любов към литературата лесно бихме направили връзка, нали? Щяхме да имаме мост от една страна на литературата към друга. Той щеше да открие моите любими автори, а аз - неговите и щяхме да живеем щастливо до края на дните си. Това си мислеше една част от мен. С другата слушах как той пееше хвалебствени слова за любимия си като бог автор в света - Кърт Вонегът. Продължаваше да хвали и възхвалява всичко в своя избор за най-великия роман на всички времена - „Кланица 5“.

„Докато не отиде твърде далеч“ - попита дъщеря ми.

„Да, прекалено далеч. Всъщност толкова далеч, че не ми оставаше нищо друго, освен да защитя истинските майстори като Шекспир, Дикенс и Твен, чиито творби са издържали проверката на времето. След като лицето му възвърна нормалния си цвят, той вмъкна в разговора няколко Вонегът-измама, като например: „Само в книгите научаваме какво се случва в действителност“.

„Това беше битка на книгите!“ - каза дъщеря ми.

„Да, и първият ни спор. Казах: „Говорим за заявяване на очевидното!“, преди да отвърна на удара с думите на Марк Твен: „По-добре е да държиш устата си затворена и да оставиш хората да те мислят за глупак, отколкото да я отвориш и да премахнеш всички съмнения.“ Някъде бях чел, че Твен е един от любимите автори на Вонегът. Това беше едно от добрите неща за него във всеки случай.

„Той се изправи, протегна ръка през масата и ме целуна дълго и силно от маската до маската. Точно там, в средата на заведението за хранене. Това беше в отговор на това, че го хванах за ръката, когато каза, че Вонегът е Шекспир на нашето време. Беше го казал с такава убеденост, от сърцето и душата си, че почти ме накара да повярвам, че това е истина.“

„Ти ги целуна! Фу!“ - каза тя и закри лицето си.

„Целувката, макар и рязка и неочаквана, беше гореща, въпреки че между нас имаше маски. Не бяхме забелязали, че другите в заведението за хранене ни зяпат - оставихме я да продължи твърде дълго. След като се разделихме, отново се разположихме и избухнахме в смях. Веднага решихме да гледаме филм в търговския център. По пътя към киното тази връзка отслабна. Ако харесвахме едни и същи филми, можехме ли да я възродим отново? Тогава всичко нямаше да е загубено? Разговаряхме за филмите, които той харесваше, и се съгласихме, че последният филм на Том Круз би подхождал и на двама ни - но той вече беше започнал, така че това не беше възможно. Не можахме да се споразумеем за нито един друг филм.

„Нека просто да хапнем нещо - предложи той.

„По това време вече беше почти десет - аз също умирах от глад. Всичко, което бяхме пили, беше кафе и то преди цяла вечност, а от доста време усещахме миризмата на пуканки.“

„Нямам нищо против“, казах аз.

„В мола или навън?“ - попита той.

„Казах, че трябва да подишаме малко свеж въздух, и така от мола излязохме в многоетажния паркинг. Лутахме се повече от трийсет минути, преди той да ми каже, че не може да си спомни къде е паркирал.

„Тогава ти си свали обувките.“

„Вонегът е казал: „Ние сме това, за което се представяме, така че трябва да внимаваме за какво се представяме“. Той направи пауза. „Е, ти не си много женствена, нали?“

„Ти мъж ли си?“ Попитах, цитирайки лейди Макбет. Веднага се почувствах зле заради този конкретен цитат и веднага смених темата: „Ами картата? Знаеш ли, с която се плаща? Нали на нея пише на кое ниво си паркирал?“ „Не, не.

„Знам, че съм паркирал на ТОВА ниво - каза той, продължавайки да натиска бутона на ключодържателя си и да се ослушва за отговор като птица, която вика половинката си. Когато колата и ключодържателят най-накрая се намериха, беше близо 23:00 часа.

„Сега в автомобила, със стълби, които се движеха по двата ми крака и черните дъна на стъпалата ми, поех дълбоко въздух и се опитах да се отпусна. Храната определено щеше да помогне за моето настроение, а надявам се и за неговото. Не беше твърде късно да започнем отново. Бяхме се разбирали толкова добре до литературния сблъсък. Закопчах коланите, той натисна крака към пода и потеглихме, заобиколихме паркинга и излязохме на улицата. Карахме доста дълго време, слушайки кънтри музика. Той си пееше, а аз се борех с желанието да кажа: „Ипи ки-яй!".

„И така, каква храна обичаш?" „попита той, след като бяхме изслушали последното предложение за заведение за тако по радиото".

„Вече не съм гладен", отговорих аз, мислейки, че той, предвид навременността на предложението, иска да ме заведе в заведение за тако. Мразех тако. Как изобщо яденето на тако, в което месото и нещата падат навсякъде, можеше да се впише в критериите му за дама? Не исках да знам. Най-вече от злоба казах: „Шекспир е кралят на литературата, а Вонегът е обикновен шут в сравнение с него".

„Тогава татко натисна спирачките."

„Бяхме единственото превозно средство в предградията - в средата на нищото и това е историята за това как твоят татко и аз се срещнахме за първи път", казах, станах и прибрах дъщеря си. Тя се протегна, прозя се и миг по-късно вече спеше непробудно. Затворих вратата на излизане и отидох в нашата стая.

САМО ДВАДЕСЕТ

Когато леля Джин почина, на погребението бяха поканени само двайсетина гости извън нашия семеен балон. Този брой беше ограничен поради пандемията. Социалното дистанциране и маските бяха задължителни през целия ден. Това включваше службата в погребалния дом, погребението и трапезата.

Тъй като леля Джин знаеше, че наближава краят на живота ѝ, тя лично избра двайсетте гости, преди да напусне този луд свят.

По семейна традиция тя все още искаше да има отворен гроб. Но с нова молба. Искаше да носи и маска. Леля Джин винаги е имала странно чувство за хумор.

„Как, по дяволите, да произнеса подходяща надгробна реч? Такава, каквато сестра ми заслужава... когато нося една от тези глупави маски!“ - попита по-малкият брат на Джин - Марвин.

Срещу Марвин седеше неговият втори братовчед Франк. Той изпуши цигарата си, дълбоко замислен, преди да отговори.

„Ще имат микрофон и той ще е достатъчен.“

Любимата племенница на леля Джин - Мери, която беше в кухнята и приготвяше чай, извика.

„Ще може да се регулира, микрофонът, имам предвид според ръста ти. Така че ще можеш да се увериш, че устата ти - тя избърса ръце в престилката си и уморена от викането влезе в дневната. Спря по средата на изречението, сега осъзнавайки, че е забравила да донесе чая, тя бързо се отдръпна. Върна се с претоварен поднос, който дрънчеше при всяка стъпка.

Франк и Марвин все още гледаха в нейна посока с широко отворени усти в очакване тя да довърши изречението си.

„Позициониран е точно пред него - каза тя, сякаш не беше минало време между първото и последното й изречение. Сега, след като го беше казала, тя осъзна, че от тежестта на подноса ръцете й треперят. Тя се наведе и внимателно го спусна върху стъклената маса. „Благодаря за, хм, помощта - добави тя с тон, в който прозираше остър сарказъм, докато клякаше, за да се подготви да налива.

Марвин и Франк не си мръднаха пръста. Което беше нормално за тях двамата. Жената вършеше женски неща, а мъжът - мъжки.

Тя напълни тенджерата, след което отвори новия пакет шоколадови бисквити, които беше запазила за компанията. Двете с леля Джин винаги държаха кутия с любимите си бисквити в шкафа - но никога не ги докосваха. И двете знаеха, че ако ги отворят, ще ги изконсумират, затова ги изваждаха само когато идваха гости.

Младата жена и леля Джин винаги бяха пакостливи и в сговор. Спомняйки си, че леля ѝ държи на представянето, тя разпръсна бисквитите в чинията. Чудеше се дали леля Джийн я наблюдава отвисоко. Въздъхна, дори сега имаше чувството, че част от нея липсва.

Марвин не беше напълно ангажиран. Вместо това се взираше през прозореца и обмисляше, че трябва да носи маска. Франк пушеше от новата цигара, която беше запалил веднага след като другата изгоря.

Марвин, който най-сетне забеляза шедьовъра на племенницата си, попита: „Какво, по дяволите, правиш там долу?“.

„Защо, приготвям чая и бисквитите“, каза Мери, разбърка тенджерата, после затвори капака и го разбърка, за да го забърше.

„Тогава вземи един стол или нещо друго. Не клякай там като...“

„Клек“ - каза Франк и се засмя на шегата си, тъй като никой друг не го направи.

„Няма значение, вече е готово“ - каза Мери. Тя напълни празните чаши със златистата пареща течност. След това добави струя мляко и обикновено исканите количества захар. Самата тя не приемаше захар. „Искате ли шоколадова бисквита? Те бяха любимите на леля Джин.“

„Би било адски срамно да развалим вихрения ти дизайн“ - каза Марвин, протегна ръка и направи точно това.

„Не за мен“ - каза Франк. „Бисквитите и цигарите не вървят.“

Мери първо сервира чашата с чай на Марвин, тъй като той беше най-възрастният. След това постави чашата на Франк върху подложката до неговия стол, тъй като иначе беше заета. Т.е. запалваше поредната цигара. Тя се разплака, когато той постави угарка от старата върху чинийката от фин порцелан на леля Джин.

„Благодаря - изръмжаха и двамата.

Мери отново фиксира дизайна на бисквитите, погледна нагоре. След това внимателно извади по една от всеки край и прекоси стаята, като се опитваше да не разлее препълнената си чаша чай, докато вървеше към двуместния диван. Избягваше да сяда там сега, когато леля Джин не седеше до нея. Част от нея имаше чувството, че балансът на вселената е нарушен без Джин в нея.

Преди дните на леля Джин да бъдат преброени, тя и Мери вечеряха повечето вечери на подноси пред телевизора, седнали на двуместния диван, гледайки „Коронационна улица“. Оттогава Мери записваше предаването, чакайки духът на Джин да стигне там, където отиваше, за да могат да гледат предаването заедно, както правеха винаги.

Това беше преди чичо Марвин и братовчед му Франк да се преместят. Преди пандемията да накара роднините на дълги разстояния да се нуждаят от друго място, където да живеят. Сега те образуваха свой собствен социален мехур, т.е. нямаше нужда да носят маски в близост един до друг. Но след няколко часа щеше да им се наложи да сложат страшните маски за погребалната служба - никой не искаше да бъде заразител или заразен.

„Това, което бих искал да знам, е защо Джин ще носи маска. Това е първото - каза Марвин. „Второ, защо е поканила роднините, които е поканила. Защо някои от тях не са поддържали връзка с нея или с някой от нас повече от двадесет години. Бог знае, че Джин се опитваше да задържи семейството заедно във времена, в които да се държим заедно би трябвало да е даденост.“

„Маските са задължителни за всички, а Джин искаше да бъде всеобхватна. И да, леля Джин винаги беше тази, която мислеше най-доброто за всички - каза Мери.

„Дори когато това не е било оправдано“ - каза Франк, запали още една цигара и добави: „Тази чиния става доста пълна“.

Мери постави чашата си с чай на масата, грабна чинийката и я изхвърли в кошчето в кухнята. Намери една изтъркана чинийка в задната част на шкафа - леля Джин не разрешаваше да се пуши в къщата, затова нямаше пепелници - и я постави на масата до чашата и чинийката на Франк. Той кимна.

„Искате ли някой от вас да си долее, след като съм станала? - попита тя.

Марвин също протегна празната си чаша. „И още една от тези бисквити би ми дошла добре.“

Мери взе две бисквити, по една от всеки край на дизайна, и ги постави върху чинийката с чаена лъжичка, преди да налее чая, захарта и млякото. „Благодаря - каза Марвин и духна в чая, преди да отпие глътка.

Франк отказа още чай с махване на ръка. „Никой от нас не се е свързал с тези мъртъвци, защото не ги понасяше. Нито пък Джин - или поне аз така си мислех“.

Марвин потопи една бисквита в чая и тя се раздроби и счупи. Той използва чаената лъжичка, за да я извади, и засмука мократа бисквита, преди да се разтвори в нищото.

„Тези бисквити не се препоръчват за потапяне - каза Мери и се усмихна.

„Сега тя ми казва“ - каза Марвин.

„Искаш ли да ти донеса още една чаша и чинийка?“

„Не, остани си на мястото. Ти тичаш наоколо и ни обслужваш, сякаш си наш наемен персонал. Ще се справя, но благодаря, че ме попитахте.“

Мери се усмихна и отхапа от бисквитата си. Тя се наслади на шоколада, който се разтопи на езика ѝ.

Триото седеше тихо, като си играеше с чашите, бисквитите и цигарите си, докато Мери не наруши тишината.

„Леля Джин се разкайваше, че е загубила връзка с хората. Това тежеше на сърцето ѝ и въпреки че двайсетте гости - дори когато се свързваше с тях - не отговаряха на обажданията или писмата ѝ, тя никога не ги отписваше. Всъщност се молеше за тях всяка вечер, преди да заспи.“

Брат ѝ беше очарован и объркан. „Джин, молеше се за прадядо Дейв, който на практика я уби, когато остана при тях като дете през лятната ваканция? Това е огромно нещо, което тя трябва да прости. Предполагам, че е станала мека на стари години.“

Мери застана с ръце на хълбоците: „Леля Джин беше много неща, но едно не беше мека. Щеше да им изрита задниците, ако се бяха появили на вратата без предупреждение, преди да се разболее - знаеш, че мразеше, когато хората се появяваха без покана, - но искаше да оправи положението, да прости и да забрави.“ Думите ѝ заседнаха в гърлото, както и последната бисквита, която току-що беше изяла.

Франк се изправи, прекоси стаята и я плесна силно по гърба. Частично изядената бисквита прелетя през стаята и се приземи в чашата с чай на Марвин с плясък.

„Не знаеш ли, че трябва да дъвчеш, преди да преглътнеш?“ Марвин върна чая си в подноса с отвратителен поглед.

„Много съжалявам - каза Мери, събра всичко и го отнесе в кухнята.

***

Мери изплакна чашите и сложи всичко в съдомиялната машина, след което се качи на горния етаж, за да използва удобствата и да си оправи лицето. Беше плакала и не искаше никой да разбере. На слизане по стълбите тя чула повишени гласове. Бързо се спусна надолу.

„Обичах сестра си повече от всеки друг на света!" Марвин каза. „Но не виждам защо тя да ме моли да произнеса надгробната реч, трябва да е проблем за теб!"

„Сега, сега" - каза Мери.

„Просто щях да съм по-добър в това" - каза Франк. „Вече са ме молили и щях да бъда по-малко емоционален, по-малко осъдителен".

„Защо ти!" Марвин каза, като вдигна свитите си юмруци във въздуха и ги размаха, сякаш имитираше боксьор от отминалите дни.

Франк прекоси стаята, също с вдигнати юмруци. Беше като гериатрична кавказка версия на Али срещу Форман.

Двамата стояха един до друг, очи в очи, докато Мери не започна да плаче любимата мелодия на леля Джин: „Тихо, бебче, не казвай нищо, татко ще ти купи присмехулник".

Очите на Марвин се напълниха със сълзи и той отпусна юмруци, след което се спусна на един стол.

Франк стоеше замръзнал и изричаше думите на останалата част от песента, докато Мери ги изпяваше. Когато тя приключи с пеенето, той прекоси стаята, където в рамка му се усмихваше снимката на леля Джин. Той също се разплака.

„Ето, ето сега", каза Мери. „Почти е време да си тръгваме, а ние тук се караме."

„Тя е права", каза Франк. „Освен това ще ни е нужен единен фронт, когато се появят онези нищо неправещи мишоци".

„Това е, ако не ни заразят - ние сме в разгара на пандемия, не знаят ли?"

„Ресторантьорите ще вземат това под внимание. Докато сме в погребалния дом и на гробището, те ще подготвят всичко тук, за да спазят указанията за социално дистанциране, за да бъдат всички в безопасност.“

„Но тези невежи все пак ще трябва да свалят маските си, за да погълнат храната и да изпият алкохола - а ние ще имаме нужда от много от последното.“

„За срам - отвърна Мери. „Всичко това е управлявано и платено от леля Джин.“ Отвратена и след като й беше дошло до гуша от тях, тя се оттегли в стаята си, за да се облече в черния костюм, който беше избрала. Мъжете вече бяха с черните си костюми и готови да тръгнат.

„Очаквам да използват пластмасови ножове, вилици и хартиени чинии - каза Франк. „И ще имат бутилки с дезинфектант за ръце в цялата къща и градина. Нашите роднини ще трябва да влязат вътре, за да използват съоръженията, но по-голямата част от процедурата ще се проведе навън в градината“.

„Жалко, че Джин се отърва от външните съоръжения“ - каза Марвин.

Мери се обади от горния етаж: „Забравих да кажа, че ще нарисуват знаци на тревата и/или ще поставят табели къде трябва да стоят хората. А що се отнася до съоръженията, ами наели сме една от онези преносими тоалетни. Тъй като те са само двайсет и ние сме трима, би трябвало да има достатъчно място за всички и опашките не би трябвало да са толкова дълги.“

„Наистина сте помислили за това!“ Марвин изкрещя. „Ние тримата можем да се промъкнем обратно и да използваме вътрешните съоръжения на к.т.“

Мери се появи на върха на стълбите, готова да тръгне. „Благодаря ви. Имах много време да мисля за това и исках всичко да е точно както трябва за леля Джин. С нея говорихме за всичко, до последния детайл. Тя искаше да премахне бремето от мен, опитвайки се да се справя с всичко сама, докато скърбя за загубата й.“

Марвин погали косъмчетата по брадичката си. „Ако не беше тази проклета пандемия, тя щеше да иска повече. Щеше да поиска редовно изгаряне на плевнята - или събуждане - за да отпразнуваме живота й. Това е, което заслужава!“

Франк каза: „Това ще го получи - и ние ще й подарим най-доброто досега - след като тази пандемия свърши. Ще поканим останалите роднини - тези, които харесваме - и може би дори няколко местни знаменитости. Всички обичаха Джин. Ще я изпратим по начина, по който заслужава! Но засега трябва да се възползваме по най-добрия начин от ситуацията“.

Мери прекоси стаята, смяташе да седне - но роклята й щеше да се измачка, затова се върна в кухнята, за да сгъне хартиени салфетки. Беше предложила да направи колкото може повече, преди да пристигнат доставчиците на храна, защото знаеше, че ще има нужда от нещо, което да я занимава. Помисли си за всичко, което леля Джин беше поискала да се случи в този ден. Искаше Марвин да вдигне тост за нея, след което всички да се насладят на храната. Дори беше написала какви ястия иска да бъдат сервирани и беше избрала доставчика, който да ги приготви. Да, леля Джин беше помислила за всичко. Повишените гласове във всекидневната я върнаха там.

„Джин каза, че ще получа лъвския пай от бизнеса, затова ме направи изпълнител на завещанието си - каза Марвин.

„Тя каза, че мога да запазя къщата - каза Мери. „Това е и моят дом - живяла съм тук с леля Джин през по-голямата част от живота си“.

„Никой не оспорва този факт - каза Франк. „Ти си се отказала от всичко, за да бъдеш тук и да помагаш на Джин, когато никой друг не е бил в състояние да го направи. Защо, можеше да се ожениш, да имаш няколко деца... но ти избра семейството пред себе си. Това е най-малкото, което тя можеше да направи, да ти остави къщата“.

Марвин кимна. Поне веднъж двамата бяха съгласни с нещо.

„Казах на Джина, че не искам и не се нуждая от нищо от нея - каза Франк.

„Да се надяваме, че тогава тя те е игнорирала“ - каза Марвин със смях и видя, че двамата най-накрая са в добро настроение,

Мери се върна в кухнята, за да довърши сгъването, преди да трябва да тръгнат към погребалното бюро.

Въпреки че салфетките бяха направени от хартия, те бяха деликатни и меки. Небесносините с розова линия в левия ъгъл бяха избрани и от леля Джин. Докато Мери продължаваше да сгъва, това стана автоматично, така че тя погледна към градината и остави пръстите си да свършат работата.

Очите ѝ се насочиха към новозасадените цветя под гигантския дъб. Бебешкият дъх и розите вече привършваха, но цветовете им все още бяха живи и се движеха като стари приятели, които танцуват, когато вятърът ги понесе.

Докато сгъваше последната салфетка, дясната ѝ ръка докосна корема ѝ. Правеше го от време на време, въпреки че не беше бременна от години. Тъгата никога не изчезваше. Леля Джин никога не каза на никого. Мери също не го беше направила - дори бащата.

И там, заровено под тези цветя, в сянката на този масивен дъб, беше мястото за вечен покой на детето ѝ. Момиченцето ѝ не беше оцеляло повече от няколко минути на този свят.

Скоро щяха да дойдат роднините и всички щяха да се съберат в дома, който сега беше неин - и щяха да отпразнуват живота на леля Джин.

След това Мери, както и останалите, щеше да си сложи маската и да се самоизолира точно на това място под дървото, където никога нямаше да се чувства сама. На мястото, където знаеше, че леля Джин ще стои до нея, държейки в ръцете си момиченцето на Мери.

Триото - леля Джин, Мери и бебето - щеше да бъде мълчалив свидетел, докато останалите членове на семейството се разкъсваха взаимно.

PANDEMIC BOY

ПАНЕМИЧНОТО МОМЧЕ

"Вижте, ето го отново - Пандемичното момче".- извика високото и слабичко десетгодишно русокосо момче.

Приятелят му не беше толкова висок, нито слаб, нито рус - беше червенокос, който се смееше, преди да вмъкне своите две стотинки. „Къде ти е пелерината, момче? Не знаеш ли, че ВСИЧКИ супергерои имат пелерини?"

Хлапето, което бяха нарекли Пандемичното момче, беше по-младо от другите двама, но зад маската си беше безстрашно.

„Не и Спайдърмен", отвърна той с усмивка.

Въпреки че беше по-млад и по-малък по размер и ръст, не в сантиметри, а в крака, с ръце на хълбоците - приличаше повече на Супермен, той попита: „А къде са ВАШИТЕ маски?"

Това не беше първият сблъсък на така нареченото Момче от пандемията във времето на пандемията. В миналото той бе използвал стойката на кръстосаните въоръжени ръце на Супермен, за да установи контрол над ситуацията. Изглежда, че тя действаше добре на деца и възрастни. Помагаше му и знанието, че законът е на негова страна.

„Ние не сме последователи - каза русото момче, като закри очите си от слънцето с лявата си ръка, след което обърна гръб на хлапето, така че сега двамата с приятеля му стояха лице в лице. Той промълви думите: „Да му свалим маската“.

Червенокосото момче обмисли това, като заби пръстите на маратонката си в земята, мислейки си, че вече са с числено превъзходство от двама към един над момчето Пандев. Освен това той беше малко дете - макар че имаше голяма уста и донякъде си го искаше. Но той не беше хулиган и не искаше да бъде такъв. Съсредоточи се, като направи кръг в пръстта пред себе си, след което потупа джоба на дънките си. „Моят е тук.“

„Докажи го“, поиска момчето Пандев.

Русото момче погледна през рамо по-малкото и бързо се обърна. Със стиснати юмруци той се приближи до по-малкото момче. Докосвайки с пръст лицето на маскираното момче, той каза: „Кой си мислиш, че си ти?“ Всяка дума си заслужаваше собствено потупване по маскираната брадичка на Пандемичното момче, а с разликата във височината и масата на по-малкото момче трябваше здраво да стъпи на място.

Червенокосото момче каза: „Ще си сложа маската.“

Така нареченото Пандемично момче не проговори, но кимна в знак на одобрение, докато приятелят му, русото момче, поглеждайки през рамо, му хвърли лош поглед.

И тримата се държаха на мястото си.

***

Понякога времето е спряло. Сякаш всички птици са забравили да летят и всички часовници са забравили да тиктакат. Този ден не беше от тези и с напредването на времето все повече деца излизаха оттам, където бяха, за да видят какво се случва. Те се събраха наоколо, говореха си, шепнеха си и се опитваха да разберат какво се е случило, за да накара трите момчета да стоят неподвижно толкова дълго.

„Погледнах през прозореца на спалнята си - каза едно момче - и видях как малкото маскирано момче беше заплашвано от русото момче, което беше много по-високо и по-възрастно. После видях, че са двама и трябваше да изляза, особено когато голямото момче се премести и бръкна в гърдите на малкото момче." - каза то, докосвайки собствената си маска, както възрастен би направил с брада.

„Тръгнах натам - каза едно малко момиченце - и видях всичко това. Момчето с маската си го поиска - приближи се до тези две по-големи, по-големи момчета. Изненадана съм, че двамата не го пребиха". След това тя се обърна към така нареченото момче с пандемия: „Хей, момче, защо не се правиш на бегач, докато можеш? Преди тези две по-големи момчета да те пребият до крак?".

Триото в центъра на тълпата остана неподвижно, като статуи. Те слушаха коментарите на другите деца, които се оформяха в тълпа, а те не бяха. На този етап никой не знаеше със сигурност.

Времето напредваше и децата с маски заставаха на страната на така нареченото момче Пандев, а децата, които нямаха маски, заставаха на страната на другите двама. Тълпата от деца се размести, разпадна се на две, така че да се оформят две отделни страни. Всички бяха готови да действат - тоест ако и когато избухнеше бой.

Минаха часове и никой не помръдна. Дори когато майките и бащите започнаха да викат децата си вкъщи за вечеря. Нито пък когато родителите, бабите и дядовците и братята и сестрите започнаха да викат децата да си лягат. Дори когато слънцето беше заменено от луната и звездите.

***

Накрая момчето Пандев каза: „Сега се прибирам вкъщи.“ А на по-голямото русокосо момче, онова, което все още се беше изправило пред него, каза: „Следващия път, когато те видя, не забравяй да си вземеш маската, добре? Това е пандемия, човече, и...“

„Добре, добре“, каза по-голямото момче и се отдръпна. „И следващия път, когато те видя, се увери, че носиш пелерина.“ Той се усмихна.

„Имаш ли предпочитания за цвят?“ - попита с усмивка по-малкото момче.

Неговият приятел, червенокосото момче, което сега носеше маска, каза: „Зависи дали си фен на Батман, Робин или Супермен. Аз? Бих носил черно.“

„Същото“ - каза по-малкото момче.

Всички се прибраха вкъщи.

ПОСЕТИТЕЛИТЕ

Чакай малко", каза тя, преди да отвори входната врата.

" Беше вътре от близо трийсет дни - под карантина. Излизането, самото излизане навън сега, беше рисковано, въпреки че беше под карантина само за да защити тези, които обичаше - и други, които дори не познаваше. Тя нагласи маската си, пое си дълбоко дъх и отвори вратата.

Там я чакаше комитет за посрещане и тя се почувства така, както сигурно се е почувствала кралица Елизабет, когато е излязла на балкона на Бъкингамския дворец. Макар че нейният малък, но удобен дом с две спални не притежаваше блясъка и разкоша на двореца. За секунда-две тя се замисли дали да не им подаде кралската махала, но в крайна сметка промени решението си, когато те започнаха да ръкопляскат.

Засрамена, въпреки че маската покриваше по-голямата част от лицето ѝ, тя погледна нагоре, където слънцето беше високо в небето, и усети топлината на лъчите му. Чувстваше се добре, дишайки нов, свеж въздух - въпреки че маската ѝ пречеше да вдишва дълбоко. В съзнанието ѝ зазвуча песен на Джон Денвър. Тя си побъбри безгрижно.

Аплодисментите свършиха, без тя да разбере. и тя стоеше като прасе в кочина, докато всички и всички чакаха да каже или направи нещо. Много насълзени очи, които я гледаха през собствените си маски. Нямаше две еднакви маски. Тя прегледа гостите, като се спря на очите, чиито собственици ѝ се сториха разпознаваеми. В съзнанието си играеше играта „Кой кой е под коя маска“.

За един човек в тълпата нямаше съмнение коя е заради размерите и ръста му. Това беше внучката ѝ Емили. Тези зелени очи, същите като нейните, се открояваха, докато я гледаха през лилавата маска. Любимият цвят на Емили се променяше често, но тя с удоволствие видя, че не се е променил през последните трийсет дни. Тя обаче беше станала по-висока. Емили махна с ръка и каза: „Здравей, баба-баба“.

„Здравей, скъпа моя Емили - каза жената, като се усмихваше с устните си под маската и над нея с очите си.

Жената се поколеба, след което обходи публиката отляво надясно, кимайки, докато признаваше на всеки от тях.

Първо беше Брандън. Той беше голям фен на хокея и на маската му имаше кленов лист от Торонто. „Върви, Кленово листо!“ - каза той. Тя му вдигна палец. Поне някой все още имаше надежда, че отново ще спечелят купа „Стенли“.

До Брандън беше майката на съпругата му Емили. На нейната маска имаше послание „I heart Jamie Oliver“. Тя се усмихна на това, чудейки се дали интересът ѝ към Оливър няма да ѝ помогне някой ден да приготви приличен ростбиф. Улови се в тази суха мисъл и засрамена от себе си се пресегна.

Следващият беше г-н Боб Муди. Той беше съсед, мърморещ стар пръдльо, за когото тя нямаше представа защо е почувствал нужда да се присъедини, носейки маска на строителен работник. Той махна с фамилиарност, която ѝ се стори странна, обаче тя му отвърна, за да бъде учтива.

Отегчена от това да разбере кой кой е, останалата част от тях се превърна в мъгла, докато чакаше някой да направи нещо или да ѝ каже какво очаква от нея. Трябваше ли да произнесе реч? Не, това би било глупаво. Карантината беше само тридесетдневна. Тя не можеше да ги прегърне. Нито да се приближи повече, отколкото вече беше до тях.

Имаше ужасяващото усещане, че някой иска от нея да произнесе реч, и се чудеше как да я произнесе, така че да бъде чута и разбрана през дебелата памучна маска. После се сети за политиците по телевизията, като министър-председателя. Когато трябваше да говори, той винаги сваляше маската си, казваше своето и след това отново я слагаше. Ако това е достатъчно за министър-председателя, значи е достатъчно и за нея. Тя извади дясното си ухо от примката, след което се премести от другата страна.

Гостите ахнаха, после се отдалечиха. Всички, с изключение на малката ѝ внучка.

„Баба те обича“, каза жената и издуха целувка в посока на малката Емили.

„Аз също ви обичам“, отвърна Емили, докато родителите ѝ, които сега бяха от двете ѝ страни, се преместиха назад.

Доволна, че е усетила слънцето, че е излязла навън, че е видяла тези, които обича, и че е разговаряла с малката Емили, тя се поклони, отстъпи и затвори вратата след себе си.

Телефонът веднага започна да звъни и звъни. Тя не отговори.

КЪЩАТА

Стаята беше гола, с изключение на празните вградени рафтове за книги, които обграждаха камината.

Празните рафтове за книги винаги ме караха да се чувствам меланхолично. Сякаш предишният собственик е взел със себе си всичките си приятели и спомени, но е забравил структурите, които са ги съхранявали и показвали, докато са били в къщата. Следователно, когато напусках някоя къща, независимо от причината, винаги оставях една от книгите си (купувах си две от любимите книги), за да се надявам, че който и да е новият собственик, ще й се наслади толкова, колкото и аз. За мен това беше като да го запозная с нов приятел. Ако звуча прекалено сантиментално, нямам нищо против, защото моят скъп съпруг винаги е казвал това за мен.

Докато прекосявах стаята, нагласяйки маската си, забелязах нещо, прибрано до стената, тънко като вафла. Беше малко килимче.

„За какво, по дяволите, е това?“ попитах. Макар че беше износено и малко, щеше да е по-добре, да е пред камината. Поне там жалкото нещо щеше да има някаква цел. Често правя така, придавайки на неодушевените предмети чувства. В литературния свят това се нарича персонификация. Използвам този похват толкова често, че съпругът ми го нарича Маги-фикация.

Август е името на съпруга ми. И да, той е роден през месец август, Лъв, докато аз съм Козирог.

Когато се приближи до мен, аз се стреснах. Винаги съм усещала студа.

Говорейки през маската си, каза: „Уви, тук е горещо, любов. Защо трепериш?“ Той разкопча дебелата си вълнена жилетка, подарък от сина ни Андрю, и я свали. Сложи я на раменете ми, след което се премести през стаята.

Сгуших се в нея и изрекох: „Благодаря“, докато го следвах.

Агентът, който беше стар семеен приятел, носеше маска, отразяваща фирмата за недвижими имоти, за която работеше. Тя звучно се движеше из къщата в другата стая, докато ние сами се ориентирахме в обстановката.

Скоро след това тя влезе в стаята откъм вратата, която беше най-близо до предмета, който бях забелязал на пода. Срещнахме се пред него, сякаш беше чула въпроса ми.

Джуди Марш, така се казваше нашият агент и вече повече от двадесет и пет години, сякаш губеше ума и дума, което много не приличаше на нея. На нея и на всеки друг агент по недвижими имоти на планетата.

„Камината не е ли великолепна!“ - възкликна тя.

Обърнах тялото си към топлината, докато Огъст, който често ме обвиняваше, че чета прекалено много романи на Агата Кристи, наред с други неща, сега отегчен и искащ да се занимава с нея, се приближи до вратата.

Джуди каза: - Чух въпроса, който зададохте преди няколко минути. Пълно разкритие - тя докосна носа си. „Тази къща има малко история“.

Сега Август с интерес отново се присъедини към нас.

„Каква история?“ Попитах.

Джуди продължи: - Няма смисъл да разказваш приказки, ако не ти харесва тук. В такъв случай можем просто да преминем към следващата къща. Имам набелязани още няколко. И така, каква е присъдата за тази досега?“

Огъст каза: „Още не сме я видели цялата, твърде рано е да се каже и...“

Довърших изречението му, както обикновено правят хората, които са женени от дълго време: „И е нелюбезно от ваша страна, да ни оставите да се влюбим в мястото - не казвам, че случаят тук е такъв - и след това да намалите бумащината.“

„Наистина намали бумащината“ - добави Август.

„Разлейте го!“ Поисках, докато Август взе ръката ми в своята.

„Да отидем в кухнята - каза Джуди. „Ще пусна чайника и ще ни направя чаша хубав чай. Запасих шкафа с няколко неща като чай „Ърл Грей“ и бисквити за такъв случай. След това всичко ще се разкрие.“

Огъст, чул, че се предлагат чаша чай и бисквити, последва Джуди в кухнята, а аз, както се казва, се прибрах отзад. Вървяхме по коридора, който имаше високи тавани, но беше доста мрачен, тъй като нямаше покривен прозорец - ако купим жилището, един покривен прозорец щеше да направи този коридор по-уютен.

„Един покривен прозорец би бил подобрение - предположи Огъст, докато двамата с Джуди влизаха в съседната стая през чифт люлеещи се врати, каквито човек би очаквал да види в стар уестърн с Марлон Брандо. „Тези ще трябва да се махнат", каза Огъст, когато вратата се завъртя и се удари в задните му части, преди да успея да стигна и да я спра. Той стоеше с ръце на хълбоците, с отворена уста, без да произнася думи.

Когато се проврях в стаята, разбрах защо Август е останал без думи, защото, о, боже, каква невероятна гледка! Кухнята и трапезарията бяха съседни, в огромно правоъгълно пространство с отворен план, със стъклени прозорци и врати, простиращи се по целия път от единия до другия край и гледащи към една от най-прекрасните градини, които някога съм виждала. Толкова ми се искаше да е пролет, за да е всичко в разцвета си, но и есента тук беше прекрасна, с разцъфнали дървета, облечени в есенните си цветове.

„Даш би обожавал това - каза Огъст. Даш беше нашето момченце - дакел.

„Сигурно би", казах аз, докато Джуди, която вече беше зад нас, играеше на мама, като наливаше гореща вода в чайника.

Нито Август, нито аз можехме да откъснем поглед от прекрасната природа, която ни очакваше само на няколко крачки от нас. „Мога ли да отворя вратите?“ Попитах.

Джуди кимна и Август направи тази чест. Веднага звуците отвън нахлуха като музика в кухнята. Имаше цикади, сини сойки, врабчета, кардинали, жаба... беше блажено музикално - до няколко минути по-късно, когато косачката на съседите се вдигна на крак.

„Чаят е готов - обади се Джуди.

„Перфектно време“, каза Огъст, затвори плъзгащите се врати и щракна ключалката. „Здравей, тъмнино, мой стар приятелю“ - изръмжа Август. Това беше една от любимите му мелодии за пеене - класика от репертоара на Саймън и Гарфънкъл.

„Тук не е тъмно - казах аз, докато Джуди наливаше и сервираше чая. Честно казано, не бях почитател на шикозните чайове като „Ърл Грей“. Дайте ми чаша Typhoo всеки ден. Добавих две пълни чаени лъжички захар - двойно повече от нормата при добрия стар Typhoo, а Август направи същото. Докато отпивахме, отхвърляйки избраната от Джуди бисквита - джинджифил - чакахме тя да започне да ни разказва историята, за която намекваше.

***

„Преди всичко - започна Джуди, - в тази къща никой не е живял от десетилетия“.

„Десетилетия“, повторих аз, “Как е възможно това?”

Август изпразни остатъците от чая си. Джуди веднага направи предложение да напълни отново чашата му, което той грубо избегна, като постави ръка върху горната й част.

Джуди се усмихна. „Предполагам, че не всеки се наслаждава на любимата ми напитка". Тя напълни отново чашата си, след което продължи. „Мястото е било обявявано за продажба през годините. Наемахме специалисти по инсцениране от целия щат с надеждата, че приносът им ще помогне за продажбата. Досега не се е получило."

„Няма смисъл", каза Огъст. „Със сигурност щеше да е по-малко ехо, ако мястото беше обзаведено." Той вдигна празната си чаша и въздъхна.

„Бихте ли предпочели бутилка вода?" Джуди попита и без да чака отговор, отиде до хладилника, извади три бутилки и ги постави пред нас. Имах чувството, че това ще бъде дълга история.

Странни звуци, идващи от градината, удариха ушите ни едновременно. Огъст отдръпна стола си, сканирайки градината, която сега беше само частично осветена, тъй като слънцето залязваше. „Виждаш ли нещо?" Попитах го.

Август имаше орлов поглед, макар че беше по-възрастен от мен. „Шшш", каза той. Изчакахме, слушайки внимателно, но звукът не се чу отново. Август се върна на мястото си и седна на него с поклащане на раменете.

Джуди каза: - Най-добре е да запазите коментарите и въпросите си за себе си до края. Искам да приключа преди това, тоест, колкото се може по-бързо".

Август каза: „Ние сме стари и остаряваме с всяка минута. Със сигурност ще забравим всички въпроси, които бихме могли да имаме, ако тази приказка, която ни разказвате, отнеме много повече време".

Потупах ръката на Август. „Ако имаш някакви въпроси, тогава ги напиши в телефона си". От доста време се опитвах да го накарам да използва функцията „Бележки" в телефона си. Аз самата я използвах за много неща, включително и за списъка с хранителни стоки. Бях му предложил да я използва за същата цел. Въпреки това той се прибираше вкъщи без това, което ни трябваше, и се връщаше отново - този път с хартия в ръка.

„Маги - каза той, - знаеш, че не обичам да разчитам на технологиите".

„Да разчиташ на дърветата", намеси се Джуди, „също не вещае нищо добро за бъдещето".

„Батерията на един лист хартия не умира!" - възкликна той.

„Но пък на химикалката й свършва мастилото" - казах аз, усмихнах се, после отново го потупах по ръката и му подадох химикалка и хартия - и двете, които винаги държах в чантата си за такива случаи.

***

„Ще започна отначало - каза Джуди.

Под масата Огъст размърда крака и можех да кажа, че става все по-нетърпелив и си мисли: „Давай, жено!", защото и аз си мислех точно това.

Накрая Джуди премина към същината на въпроса. „Когато това място е било заселено за пръв път, тук умират трима души“.

Тя изчака да реагираме, но никой от нас не реагира. Вече бяхме схванали, че се е случило нещо ужасно - и заключихме, че то трябва да е включвало смърт, убийства и/или хаос. Дори моите артритни кости усещаха, че тук се е случило нещо ужасно. Обгърнах се с ръце, като отново почувствах хлад. Огъст направи същото, но на него му беше по-топло от мен, тъй като преди това си беше върнал кардината.

„Първоначално тук е била построена църква през осемнадесети век. След като тя била разрушена и трима души загинали - останали само лавиците с книги и камината - всички религии се заклели никога повече да не възстановяват Божия дом тук. Така къщичките, домовете, величествената къща, бунгалата и накрая дизайнът на двуетажното калифорнийско разделено бунгало, в което стоим сега, били построени, за да отговарят на нуждите и изискванията на собствениците за отреденото им време, в което живеели. И така, много енориаши, посетители на църквата и семейства са превърнали това място в свое място за поклонение и/или дом.

Нека да започнем от първоначалната църква. В средата на XVIII в. на това място започва да съществува общност, една от първите, създадени в Онтарио, след като много имигранти избират това място, за да се заселят и да изградят новото си бъдеще.

Двама такива хора са лейди и лорд Чарлстън, които бързо се превръщат в лидери на общността и които предлагат средства за построяването на първата църква, без да имат каквото и да било признание за себе си, освен малка библиотека в настоятелството, в която общността може да чете и заема книги на теми, свързани с религията. За да им е удобно, докато учат или четат, в центъра на две такива библиотеки щяла да бъде изградена камина.

Поради значимостта на искането бяха направени много проучвания за това коя дървесина би била най-устойчива във времето. Един имигрант от Италия се изказа много ласкаво за средиземноморския кипарис, като каза, че е бил свидетел на олтар в римска църква, направен от това дърво, който е оцелял след пожар, унищожил останалата част от сградата. Беше решено да се изпратят няколко дървета, които да се отгледат на място, и да се поръча доставката на достатъчно количество от тях с кораб до Канада. С течение на времето същият човек разказвал за свръхестествените сили, които притежавало това дърво от старата му страна. Заради силния му аромат семействата засаждали дървета в близост до близките си в гробищата в цялата страна, за да държат демоните настрана и да гарантират, че душите на любимите им хора ще преминат от другата страна.“

Няколко от останалите енориаши не бяха доволни от това богохулство и предложиха да използват канадски дървета само за начинанието. Лорд и лейди Чарлстън отхвърлили предложението и общността зачакала доставката на дървесина за настоятелството, като междувременно построила църквата и продължила да строи училището и други сгради. Към общността се стичат новодошли, които избират да се установят на място, което предоставя услуги, позволяващи на всички да се установят по-бързо.

Дървата пристигат и настоятелството е построено, но не без известни трудности. Първо, един човек, който свалял дървения материал от кораба, бил смазан, когато няколко трупи се откъртили и се срутили върху него. След това бяха взети повече предпазни мерки, но онези, които предупреждаваха за богохулство, шепнеха помежду си многозначително.

Години по-късно, когато колонията нямала име, било предложено да се нарече Нов Чарлстън и така била наречена и в продължение на много поколения общността обслужвала всички, а населението растяло скокообразно. Лорд и лейди Чарлстън умират, но портретите им са нарисувани и поставени над камината в библиотеката на настоятелството между двата рафта с книги. Напук на силното обществено недоволство библиотеката била наречена Архив на лейди Чарлстън, тъй като семейството дарило колекцията си от книги, за да запълни рафтовете.“

Отвинтих капачката на бутилката с вода и отпих глътка, а Огъст погледна часовника си. Слънцето вече залязваше и по-голямата част от градината беше в тъмнина, с изключение на един-единствен прожектор, който се осигуряваше от луната.

„В тази църква са настъпили смъртните случаи."

Двамата с Огъст се приближихме, надявайки се, че тя скоро ще премине към същността на въпроса. Стомахът ми къркореше. Защото беше далеч след вечерята и започваше да разговаря с този на Огъст в дует от гладни пристъпи.

„Джинджифил?" Джуди попита, като ги размаха пред нас. Ние учтиво отказахме. „Защо не си поръчам пица? Докато тя се пече и доставя, мога да продължа с разказа си".

„Без ананас" - каза Август. Пицата с ананас беше истински негов домашен любимец. „Ананасът е предназначен за обърната торта, а не за пица-пай".

„Не мога да не се съглася - каза Джуди и натисна бързото набиране на телефона си.

„Никакви аншоа" - казах аз, опитвайки се да убедя мърморещия си корем да се успокои.

***

„През 1847 г. една жена, непозната, дошла в общността посред нощ да търси съпруга си и малкия си син. Тя почукала на вратите, като предизвикала доста шум, тъй като било след полунощ. Членовете на общността излезли от къщите си, надпреварвайки се да ѝ помогнат, и сформирали група за търсене, използвайки лампи, за да я водят. Това беше един вид общност, която се обединяваше, за да помага на другите, дори на непознати. Никой не поставяше под съмнение мотивите, историята или здравия ѝ разум.

Месецът беше октомври, така че беше хладно, но преди да падне първият сняг. Те се лутаха, търсейки, докато слънцето изгрее, след което се прегрупираха, за да хапнат, пийнат и да разберат повече от жената, която беше твърде изтощена, за да се катери с тях. Когато тя пристигна, бързо я настаниха и я сложиха да легне след чаша силен чай с малко уиски, за да спи през нощта.

След още едно обсъждане и потвърждение, че никой не е виждал нито главата, нито косата на съпруга, нито на детето, те хапнаха заедно с храна, осигурена от женското дружество в църквата, и обсъдиха какво да правят по-нататък. Това не беше като днес, когато лесно можеш да отпечаташ плакати и да ги залепиш навсякъде, нито пък имаше възможност за социални медии. Вместо това беше нает художник, който да направи скица на семейството въз основа на описанието на майката. Жената се казваше Реба, детето ѝ се казваше Джейкъб, а съпругът ѝ също се казваше Джейкъб.

Една вечер, доста късно, местен жител видял жената Реба да влиза в църквата, държейки за ръка едно дете. Той се зачудил къде е съпругът, но не се замислил повече и си легнал.

Реба била завела сина си в църквата, за да запали свещ на алармата и да благодари на Исус, че е върнал съпруга и сина ѝ при нея. Вратата на църквата не беше обезопасена, защото Джейкъб Старши скоро щеше да се присъедини към тях. Порив на вятъра, който бил толкова силен, че издухал пламъка и запалил ръкава ѝ, а тъй като в този момент държала сина си, неговата дреха също се запалила. Джейкъб Старши влезе и се затича към тях, като остави вратата напълно отворена. Още по-злобен вятър го последва, докато той затваряше разстоянието между себе си и близките си. Църквата, която беше направена от местни дървета, се издигна с тях в нея за нула време.

Обществената зала, където жените от църквата сервираха храна на доброволците, първа усети миризма на нещо горящо и избяга на улицата. Повечето от доброволците били и пожарникари, но ресурсите им по онова време били ограничени. Те направили каквото могли, за да спасят църквата, но вече било твърде късно за това. Ректоратът все още не бил обхванат от огъня, така че успели да измъкнат свещеника и да спасят, както казах, рафтовете с книги и камината. Семейството от трима души загинало... изгоряло в небитието. Пепел до пепел, както се казва.“

Джуди си пое дълбоко дъх, отпи глътка вода, после на вратата се позвъни. Разказването на историята беше отнело много от нея, така че, Огъст предложи да прибере пиците, но Джуди каза, че трябва да плати - можеше да го запише като разход, свързан с работата - в крайна сметка отиде до вратата. Тя се върна с горещата и вкусно ухаеща пица и ние се нахранихме, без да говорим известно време, освен да си приказваме, докато се наслаждавахме на вкусното пиршество.

Вече доволна и с пълни стомаси, Джуди продължи с разказа.

„Оттогава казват, че духовете на това семейство обитават тази къща. Каквото и да видят хората, то ги плаши толкова много, че бягат оттук с викове. И през годините къщите в този имот са били преустройвани през вековете, но никой никога не е живял тук за по-дълго време.“

Беше станало изключително късно; разказът на Джуди отне доста време.

„Бихте ли могли да превъртите историята напред и да ни пренесете в настоящето?" Огъст попита, отново по-грубо, отколкото той или аз очаквахме от него. Беше минало времето му за лягане и това, че се изнерви, не беше изцяло негова вина.

Джуди се извини. „Тази къща е построена преди двадесет и пет години. Купувана е, продавана е, наемана е, ремонтирана е - както искате го наречете, и повече пъти, отколкото имам пръсти на ръцете и краката си да преброя - никой не иска да живее тук." Тя се огледа наоколо. „Да, показва се добре, но просто има нещо в него. Нещо, което кара хората да бягат. Особено по това време на нощта. Исках да видя дали това се е случило и на теб."

„Значи ние сме вашите приятелски гинеаполи - каза Огъст и рязко отдръпна стола си. „Нека да продължим с обиколката. Какво има на горния етаж?"

Не помръднах.

„Нямаш представа; искам да кажа абсолютно никаква представа защо хората биха постъпили по такъв краен начин? За мен това няма почти никакъв смисъл. Със сигурност щеше да видиш всичко, което те са видели".

„Никога не виждам" - каза Джуди.

„Е, това е странно", каза Огъст.

Джуди се усмихна. „Знам. И затова, нека кажа само това, че духовните хора като екстрасенси, мистици, гадатели, вещици, магьосници - назовете ги и те са били тук - да, дори са изгонили това място от стълб до стълб и въпреки това нещото, което праща всички на бегом, включително всички гореизброени, все още се случва. Всеки един от тях е бягал по хълмовете, крещейки - и никога не се е връщал.“

„Глупости и безсмислици“ - каза Огъст.

Но колкото повече говореше за това, толкова по-изплашена ставах и толкова по-склонна бях да повярвам, защото с течение на времето ставах все по-студена. Всъщност треперех, сякаш някой беше стъпил на гроба ми - макар че, разбира се, не бях мъртъв. И все пак. Само като си помислех за това, косите по ръцете ми настръхнаха.

Джуди се изправи. „Сега вече знаеш това, което знам и аз. Цената вече е ниска, но все още подлежи на договаряне. Собственикът иска да бъде продаден и да се махне от ръцете му - още вчера. Защо не погледнеш нагоре, да се запознаеш с последния етаж?“.

Огъст каза: „Можем да го купим с любов, да го съборим и да преустроим нещо, което да отговаря на нуждите ни, например бунгало. Все още ще сме напред в играта и ще разполагаме с достатъчно средства, за да се издържаме до края на живота си.“

С разтреперани колене се изправих и аз, като се държах здраво за масата. Звучеше добре, всъщност твърде добре, за да е истина.

Джуди каза: „Това е наследство. Библиотеките и камината трябва да останат непокътнати. Това не подлежи на обсъждане. Всъщност не мога да приема офертата ви, ако не сте готови да го напишете писмено.“

Двамата с Огъст излязохме от кухнята, сякаш в транс, и в крайна сметка застанахме на килима, който сега се намираше пред камината. Ревящият огън, който плющеше и осветяваше стаята, ме накара да се зачудя защо ми е още по-студено.

„...електричество - каза Джуди.

Бях се отдалечила в мислите си в страната на книгите и пропуснах какво казваше тя.

„...го изключих. Водата също.“

Прокарах ръка по централния рафт с книги, сега вече имах представа за нещата, докато Огъст напускаше стаята. Обърнах се и го последвах, както и Джуди. Той спря в дъното на стълбището, погледна къде се намираме и започна да се изкачва. Хванах се за парапета и също се изкачих. На половината път парапетът се разклати, както и коленете ми. Стъпалата ми сякаш потънаха в дървените стълби, което ме накара да се почувствам несигурна. Август вече беше на върха. Забелязах, че си осветява пътя с помощта на приложението за фенерче на телефона си. Чувствах се горда, че най-накрая е намерил приложение на едно от приложенията, които му бях препоръчала да изпробва.

Когато се присъединих към него на върха, погледнахме надолу към Джуди, която чакаше с телефон, насочен пред нея - също използвайки приложението за фенерче. „Скоро трябва да заключвам - каза тя.

„Просто ще се поразтъпчем наоколо - казах аз, докато Огъст се отдалечаваше от мен към вратата в далечния край на коридора. Докато вървях, дебелият килим под краката ми се стори хлътнал, така че да бързам беше трудно. Огъст отвори вратата, показвайки баня, издържана в прасковено с мивка, вана, тоалетна и душ. Банята беше украсена с аксесоари - едно от онези килимчета, разхвърляни около основата ѝ. Стилът не беше по вкуса ни и аз го казах, като затворихме вратата и се преместихме в спалня, малка, декорирана в синьо с коли, които се движеха по стените, и звезди, които светваха, когато насочвахме фенерчето към тях на тавана.

„Харесват ми тези звездни светлини - каза Огъст и детето в него се прояви. Бях изненадана, че не харесва и колите на тапетите. Може би му харесваха, но от двете предпочиташе звездите.

„Да, да ги свалим и да ги сложим над камината - това е, ако я купим - казах аз.

Преминахме към друга спалня, стая за гости, пълна с цветя от всякакви видове, типове и цветове. На задната страна на вратата бяха изрисувани с шаблон слънчогледи.

„Много уютно - казах аз, докато се движехме по коридора към последната стая: родителската спалня. Хрумна ми, че къща с такива размери би трябвало да има повече от три спални.

Огъст каза: „Можем да построим още стаи на земята, когато я превърнем в бунгало. Толкова много място се губи тук.“

Разгледахме банята, която също беше много остаряла с праскова - въпреки че имаше спа вана, украсена със златни кранове и арматура. А над нея голям прозорец с дъга предлагаше панорамна гледка към това, което предположихме, че трябва да е задната градина.

Огъст се качи на ваната, като при това взе ръката ми. Застанахме заедно; един до друг, гледайки надолу към градината, когато се появиха три фигури. Подредени по височина, отляво беше мъж, макар че предвид ръста му човек би могъл да си помисли, че е момче. Облеклото му включваше преклонена шапка, ленена риза с волани над талията, сако до коленете и бричове, които доказваха обратното. За ръката на мъжа държеше момче, чието сако падаше точно под кръста, а панталонът му се раздуваше до коляното тъмните му коси се разливаха изпод шапката. Тройката се допълваше от жена, която държеше ръката на дете. Тя носеше дебел ватиран шинел, който покриваше дрехите ѝ, а на главата си имаше спяща шапка - сякаш бе излязла в нощта неочаквано. Пълните лица и на трите фигури бяха премрежени от луната и звездите - или това, или бяха подвластни на някакво заклинание.

„Истински ли са?“ прошепнах, държейки се за рамото на Огъст, но преди да успея да довърша, три чифта очи погледнаха директно към нас и едновременно нададоха писък с такива високи гласове, които сигурно бяха събудили всички кучета в квартала. Те тримата казаха,

„Всеки ден идваме тук, за да горим.“

Закрихме ушите си, докато те повтаряха песента на сирената си, след което пламъците, започвайки от краката им и движейки се нагоре, ги погълнаха и скоро писъците им се превърнаха в стонове, докато се сгромолясаха на земята в купчини пепел.

Изкрещях. И тогава се случи нещо, което не се е случвало през всичките години, откакто сме женени - Август също изкрещя.

Излязохме от ваната, затичахме се надолу по стълбите, покрай Джуди и излязохме през входната врата с бързина, която двама стари дядовци като нас никога не биха повярвали, че е възможна. Качихме се в колата на Джуди; тя беше шофирала, докато ни показваше имота. Когато се качи, тя потегли, скърцайки с гумите си, докато вървеше.

Когато се отдалечихме на достатъчно разстояние от къщата, Джуди каза делово: - Ще ви съставя списък с други къщи, които да разгледате още сутринта. Ще ви намерим идеалния дом. На пазара има много красиви места, от които можете да избирате". Тя ни погледна в огледалото за обратно виждане.

Все още треперех и се държах за Август.

„Искаш ли да ми разкажеш какво видя?" Джуди попита.

„Не ги ли чухте?" Попитах.

Джуди поклати глава в знак на „не".

„Повярвай ми, ти си късметлията" - каза Август. „А сега ни заведи вкъщи. Ние оставаме на място."

Двамата с Август никога повече не говорихме за къщата.

УБИЙСТВО

С едях в колата си - твърде се страхувах да изляза.

Отвъд затъмненото стъкло виждах всичко - защо да се излагам на опасност? Защо да рискувам да се заразя, когато всичко, което исках, беше малко природа.

Защо просто не си остана вкъщи, домашен любимец? Чух как ме пита мекият ти глас в главата ми. Точно както ти беше тук, седнал на пътническата седалка до мен. Ти, който беше покойният ми съпруг Джералд - четиридесет и две години женен, преди КОВИД да го извади от строя. Да, моят Джералд се поддаде на вируса в самото начало на този луд период от живота ни. Още преди да бъде наречен пандемия от онези, които твърдяха, че са запознати.

Дори когато официално беше потвърдено, че Джералд е бил изложен на въздействието му и е бил заразен - той не повярва. Беше се поддал на оценката само защото го бях убедила да дойде с мен, нали знаете, както казахме в клетвата си в болест и здраве. Бях в близост до човек, който се беше заразил, докато работех като доброволец в хранителната банка. Не трябваше да се изследвам, но реших, че е по-добре да се предпазя, отколкото да съжалявам, и се подложих на доброволна четиринайсетдневна карантина - поне с Джералд можехме да бъдем заедно.

Когато излязоха резултатите, Джералд беше болен, а моят тест беше отрицателен. Тъй като бяхме в джобовете си, имаше вероятност и аз да съм имал, но да съм бил безсимптомен, така че в карантината влязохме и двамата щастливи заедно, както бяхме през четирийсет и петте години, в които се познавахме.

Бяхме подготвени да се изправим заедно срещу нещото, след което ми казаха да се пазя от моя Джералд, да огранича контактите си - да държа врата между нас, да нося маска, да си мия често ръцете - знаете процедурата. Аз взех стаята за гости, а Джералд - нашата стая. Казахме си лека нощ през стената, точно както правеха хората на семейство Уолтън.

Една вечер, когато той не можеше да заспи, му направих серенада през стената с няколко припева на песента, на която бяхме танцували първия си танц в гимназията - песента Make Me Do Anything You Want на A Foot in Coldwater. Напявах си я, докато наблюдавах случващото се навън. Група канадски гъски ядяха трева на няколко метра от нас. Свалих малко прозореца, за да мога да чуя бърборенсто им. Поех си дълбоко въздух, позволявайки на външния въздух да влезе, но свежият въздух не ми попречи да си спомня следващата част, най-трудната, когато Джералд ми беше отнет и приет в болницата. Не ми беше позволено да вляза с него в линейката и той се свлече толкова бързо, че никога повече не го видях жив.

Първо се обадих на децата. Разбира се, те вече са пораснали и имат свои деца. Деца, кози. Деца, разбира се, е това, което имам предвид. Не съм сигурен кога се върнах към общото описание. Вероятно защото Джералд не е тук, за да ми каже да не го правя.

Децата ни не можеха да дойдат поради ограниченията за социално отдалечаване. Техните области бяха обратно в Етап 2. Освен това не си струваше да поемат риска да хванат самия вирус, риска да го пренесат обратно на внуците ни. Ние се изправихме лице в лице - с помощта на една любезна медицинска сестра - но Джералд не проговори. По това време усмивката беше изчезнала от очите му и аз знаех.

След погребението - освен мен никой не дойде на погребението - не знаех какво да правя със себе си. Беше още по-зле, след като застраховката беше изплатена. Цял живот бяхме пестили и спестявали - а сега, когато той си беше отишъл, нямаше къде да отидем - не и с пандемията, която дебнеше на всеки ъгъл - а моят Джералд не беше там, за да го сподели с мен, така че изобщо нямаше смисъл да отивам. Всички тези пари, а не можех да се сетя за нито едно нещо, което исках или от което се нуждаех, освен за Джералд.

С наближаването на есента, когато листата започнаха да се огряват, безброй пъти посочвах някое особено зашеметяващо дърво на никого. И тогава на хоризонта се появи Денят на благодарността. Обикновено подготвяхме семейното празненство - с обичайните канадски ястия - като тиквен пай, боровинков сос, пуйка, шунка, пълнеж, картофено пюре, зеленчуци и зелева салата. Джералд обикновено издълбаваше птицата, а аз организирах всичко останало. След това обикаляхме около масата и всеки, дори малките, казваше за какво е благодарен през изминалата година. Спомних си изявлението на малкия Кевин, че е най-благодарен за „Бампа" - дядо. Очите на Джералд бяха светнали в онзи ден като слънце, излязло иззад облак след няколко дни дъжд.

Дъщеря ми предложи да „организирам" виртуална вечеря за Деня на благодарността. Сърцето ѝ беше на правилното място, но идеята беше абсурдна. Сама щях да направя телевизионна вечеря с пуйка и да я ям, докато гледам „Денят на благодарността на Чарли Браун".

И така, връщам се към това, че седя тук, в този проклет автомобил, с вдигнати затъмнени стъкла - твърде се страхувам да изляза от колата си. Докато очите ми блуждаят по пешеходната пътека, забелязвам Сони и Евелин Маршал и преди да успея да се скрия - те забелязват мен. Проправят си път към мен. Чули са за кончината на Джералд и искат да изразят уважението си, а за мен е твърде късно да запаля колата и да се изтегля от този паркинг.

Пред колата вече са с маски, Сони почуква на прозореца ми, а Евелин заобикаля от страната на пътника.

„Здравейте - казвам аз през затворените прозорци. Телефонът ми звъни. Посочвам го, за да им кажа, че трябва да се справя с едно обаждане, след което виждам кой е обаждащият се - на линия е Евелин. „Здравей отново - казвам, докато Сони заобикаля предната част на колата ми, спира за кратко, за да ме погледне през предното стъкло, преди да продължи и да се присъедини към съпругата си.

Евелин казва: - Чухме за Джералд. Много съжаляваме и просто искахме да се отбием и да ви го кажем. Също така да кажа, че ако имате нужда от нещо, от каквото и да било, моля, обадете ни се. Бихме искали да сме до вас, доколкото можем, по време на тази пандемия“. Сони прегърна жена си.

„Добре съм“, казвам аз. „Благодаря ви за любезното предложение и за това, че се отбихте.“ Затварям слушалката и слагам телефона с надеждата, че те ще си тръгнат.

Сони казва нещо, което обикновено бих разбрал какво, тъй като съм доста добър в четенето по устните, но с тези маски всеки може да каже всичко. Двамата с Ивлин ми махат, когато се връщат на пътеката, и си тръгват.

Гледам как се хващат за ръце, как стават все по-малки и по-малки. Когато си тръгват, една черна врана каца на капака на колата ми и ме поглежда през затъмненото стъкло. Свалям прозореца и казвам: „ШУУУ!“

Враната се приближава към мен, разрошва перата си и отвръща с предизвикателно „КАУ, КАУ!“.

Откачам отново прозореца и наблюдавам как това нещо се разхожда по капака на колата ми. Оставя следи от птичи отпечатъци върху прашния ми автомобил. Запалвам двигателя и пръскам вода върху предното стъкло. Птицата не помръдва. Промушвам чистачките няколко пъти. Все още ме гледа, поклаща глава и после се изкашля. Натискам клаксона и гледам как се издига, увисва, какавидира още малко, като този път удря фара, преди да отлети към водата.

Група врани се нарича убийство. Когато Джералд умря от изкуствено създаден вирус, който беше пуснат на нашата планета, смъртта му не беше наречена убийство - въпреки че, по дяволите, трябваше да бъде наречена убийство.

Бръкнах в чантата си и извадих маската. Слагам едната примка през дясното си ухо, а втората - през лявото. Уверявам се, че е поставена правилно - над носа и под брадичката. Излизам от колата си и се озовавам на слънчевата светлина.

Добро момиче, гука Джералд, докато убийство на гарвани образува кръг над главата ми, а аз пристъпвам пред движещия се автомобил.

SANS MASQUE

Той стоеше от едната страна на стаята, а тя - от другата.

И двамата облечени - или преоблечени - така тя възприемаше външния му вид. Полиран беше първата дума, която ѝ дойде наум, но нещо в него изглеждаше прекалено гладко. Сякаш искаше да я накара да се влюби в него повече, отколкото вече беше.

Поне се беше появил - въпреки че тя отказа да направи това, което я помоли, и това беше първата им лична среща.

Бяха се запознали в приложение за запознанства. Няма закон, който да забранява това - все още. С течение на времето бяха развили връзка. Той винаги завършваше съобщенията си с емотиконка на пулсиращо сърце. Тя винаги се подписваше с „Ваше Превъзходителство", сякаш завършваше писмо. Беше новак в сценария на приложението за запознанства. но при съществуващите строги закони за пандемията, как иначе щеше да срещне някого?

След малко повече от два месеца на съобщения и имейли той поиска да се срещне с нея лично. Тя неохотно се съгласи. В известен смисъл, ако никога не се срещнеха, тя можеше да си представи, че той е всичко, за което се представя. По-важното е, че тя не искаше да изглежда прекалено нетърпелива или отчаяна.

Той си беше направил толкова много труда, организирайки всичко, включително мястото, на което планираше да я заведе. Първоначално тя не можеше да повярва на късмета си. Докато го чакаше да потвърди подробностите, емоциите ѝ преминаха от развълнувани към скептични. Можеше ли той наистина да запази такова ексклузивно място само за тях двамата? Когато той изпрати текстово съобщение за конкретните подробности, тя се ухили, а след това отговори с емотикон с усмихнато личице. Първото ѝ за цялата връзка.

След това тя веднага отиде до гардероба си и плъзна огледалните врати. Прерови закачалките, докато не намери най-скъпата си рокля - онази, която наричаше шикозната си рокля. Нарече я така в памет на покойната си майка. Беше дизайнерски номер, който беше купила онлайн, и беше нейната най-голяма модна гордост. Държеше я срещу себе си, гледаше се в огледалото и се опитваше да реши с какви бижута да я подчертае: с фалшиви диаманти или с перли? Реши да избере първото.

На сутринта на голямото събитие се събуди рано, за да провери входящата си поща. Очакваше да получи SMS или съобщение, в което да пише, че се налага да отмени срещата.

Всъщност част от нея се надяваше, че той ще се откаже, но пощенската ѝ кутия беше празна и нямаше никакви текстови съобщения. Отиде в кухнята, за да си направи чаша кафе, а после провери отново, в случай че се е свързал с нея. Този път дори погледна в папката за нежелана поща - тя също беше празна.

През целия ден тя се занимаваше със себе си. Първо си взе дълга парна баня и се ексфолира. Последва лек обяд. Отново провери за съобщения и като не откри такива, продължи да си оформя косата, а след това си направи ноктите. Преди да нанесе грима си, тя прегледа социалните мрежи. Като не откри доказателства за скорошната му активност, тя стъпи на най-високия си чифт високи токчета - тези, които правеха краката ѝ да изглеждат най-дълги. Завърши визията си, като нанесе слой червено червило с цвят на бонбонена ябълка и застана пред огледалото. Перфектно.

С изключение на едно нещо: подходящата ѝ чанта за съединител. Тя прехвърли телефона и дебитната си карта в нея, после се върна за червилото и сега беше готова за всичко.

Докато излизаше от входната врата и слагаше маската си, таксито пристигна. Беше го резервирала предната вечер, за да не закъснее или да не дойде твърде рано. Искаше времето да е идеално за първата им среща на живо.

***

Прекара деня в двойна проверка на всичко, както правеше винаги в такива случаи.

Очакваше с нетърпение най-накрая да се срещне с нея лично. Онлайн тя изглеждаше по-срамежлива и по-наивна от всички останали, с които беше разговарял. Изглеждаше толкова плаха, толкова нереална, че категорично бе отказала да му изпрати своя гола снимка. Гола, което означава без маска.

Преди да се съгласи да се срещне с него, той трябваше да я увери, че указанията ще бъдат спазени. Е, не просто спазени, per say, т.е. тя изискваше не по-малко от личната му гаранция, че няма да бъдат прекъсвани.

Когато лидерите по света паднаха, международното правителство се сформира, за да запълни празнината. С МГ начело светът поиска по-строги наказания за неспазващите правилата хулигани, които се отдалечават от обществото. Новосформираните Международни асоциации за борба с пандемиите (I.P.A.) бяха упълномощени да прилагат законите за социално дистанциране, използвайки всички необходими средства.

След като световните лидери паднаха, се стигна до ожесточен обществен протест. Социалните медии бяха залети от дезинформация. Хората поискаха справедливост, като излязоха по улиците с плакати и знаци за мир. Когато те не можеха да бъдат заглушени и затворите бяха пълни до краен предел, в закона бяха записани публични екзекуции.

През цялото това време той успяваше да задържи парите си и не се страхуваше да ги използва, когато му бяха от полза. Беше подкарал няколко длани, за да резервира мястото, да наеме персонала и да гарантира, че ще останат необезпокоявани.

Окото на помещението, което ги наблюдаваше, не можеше да направи нищо. Камерите за видеонаблюдение бяха навсякъде.

Смокингът му беше прибран и все още беше увит в пластмасовия калъф, който носеше по време на пътуването до дома от химическото чистене. Беше на карантина в гаража, докато не се наложи. Човек никога не може да бъде прекалено внимателен. Стандартното време за поставяне на тъкани под карантина беше четиридесет и осем часа. За по-голяма предпазливост той беше оставен в гаража за цяла седмица.

Когато се облече напълно, последното нещо, което направи, беше да сложи маската си, преди да влезе в автомобила си. Трафикът беше малък и паркирането беше лесно.

Искаше му се всичко да е перфектно.

Точно както се надяваше, че тя ще бъде.

***

Тя излезе от таксито на тротоара и затвори разстоянието между себе си и мястото на събитието.

На земята, написано с тебешир върху тротоара, имаше съобщение, адресирано до нея. То гласеше: „ Скъпа, последвай ме. Тя се усмихна и тръгна по пътеката от сърца, гравирани върху камъните. От време на време пръстите ѝ търсеха увереност в маската, която покриваше лицето ѝ. Сега тя беше като друг слой кожа.

Влязоха в отворените врати, следвайки още сърца, които я водеха по коридора.

Най-сетне стигна дотам с надеждата, че истинската ѝ любов, сродната ѝ душа, я чака.

***

В другия край на стаята очите им се срещнаха. Тя в черната си рокля без ръкави, а той в черния си смокинг.

„Ти дойде!" - каза той със силен утвърдителен глас.

„Да", отвърна тя със задъхан шепот.

Тя забави ритъма на сърцето си, като се вгледа в стаята. Вниманието му към детайлите беше безупречно. Масата беше подредена за двама, с най-хубавия порцелан, кристал и сребро. Масата се простираше по цялата дължина на стаята. В центъра й се намираше великолепен свещник, който излъчваше романтика.

„Моля, седнете - каза той.

Тя седна в своя край, а той в своя. Преди да се възцари неудобна тишина, той плясна. Двама сервитьори пристигнаха през врата, която тя не беше забелязала. Облечени от глава до пети в костюми за цялото тяло, които не биха изглеждали неуместно на Луната, те се приближиха. С облечените си в ръкавици ръце напълниха флейтите за шампанско, а чашите им - с лека консумация.

Той щракна с парче прибори отстрани на чашата си, а тя направи същото. На сватбите този ритуал някога се е изпълнявал като молба към младоженците да си разменят целувка. Само мисълта за това, да се демаскира публично, я накара да потръпне. В този нов пандемичен свят цъкането показваше, че инициаторът иска да вдигне тост.

„За теб - каза той и вдигна чашата си.

„За нас" - каза тя, като се изчерви яростно, скрита под маската си.

Сервитьорите пристигаха периодично, носейки подноси. След последното поднасяне на фламбирани череши „Юбилейни" сервитьорите се поклониха. Това показваше, че няма да се върнат.

„Ако можех само да те целуна" - каза той, по-силно, отколкото му се искаше, но достатъчно силно, за да отчете маската си.

Тези негови думи я възпламениха. Преди да разбере какво прави, тя се изправи и го целуна. Седна отново и си представи как целувката се носи във въздуха по масата като перце.

Той я улови и я притисна към устните си. „Не е достатъчно", промълви той.

Тя отново отпусна стола си назад. Тя изстърга през тишината.

Високите ѝ токчета щракнаха, докато прекосяваше пода. Запъна се от вълнение, докато си проправяше път покрай масата към него.

Докато се движеше към него, климатикът разнасяше сладкия ѝ, сладък парфюм в неговата посока. Дотогава той беше свидетел само на кораловосините ѝ очи и малките ѝ ушни мидички, под които бяха поставени каишките на маската. Сърцето му биеше толкова бързо, че беше сигурен, че ще се пръсне от гърдите му. За да се успокои, той завъртя годежния си пръстен на пръста си, чудейки се дали това момиче си заслужава. Достатъчна ли беше тя за него, за да рискува да наруши закона? Щеше ли да умре за нея?

„Спри!" - изкрещя той, вдигайки яростно ръка във въздуха като разгневен училищен пазач на кръстовище.

Тя все още в полет, прехапала устните си под маската.

Той закрепи маската си на място.

Докато окото в стената зад нея примигваше, той прошепна: „Забравих ли да спомена, че съм женен?".

Тя продължи да се втурва към него, докато вратите зад него се отвориха.

„Забравих ли да спомена, че съм с ИГ?" - попита тя, докато двамата мъже в космически костюми го поваляха на земята.

БЛАГОДАРЯ ВИ!

Уважаеми читатели,

Благодарим ви, че избрахте да прочетете тази книга! Надявам се, че сте я прочели с удоволствие!

Благодаря на прекрасните приятели, семейството и екипа от хора, които през годините подкрепяха мен и моето писане емоционално, както и на онези от вас (знаете кои сте), които ми помагаха с технически неща като корекции, редактиране и т.н. Сериозно нямаше да се справя без всеки един от вас.

Благодаря ви милион пъти!

С най-голяма любов,

Cathy

ЗА АВТОРА

Cathy McGough живее и пише в Онтарио, Канада, заедно със съпруга си,

син, котка и куче.

СЪЩО ТАКА ОТ:

FICTION

RIBBY'S SECRET (ТАЙНАТА НА РИБИ)

EVERYONE'S CHILD

INTERVIEWS WITH LEGENDARY WRITERS FROM
BEYOND

PLUS SIZE GODDESS

THREE FRIENDS

NON FICTION

103 FUNDRAISING IDEAS FOR PARENT
VOLUNTEERS WITH SCHOOLS AND TEAM

POETRY

PAINTING WITH WORDS

PLUS A SELECTION OF CHILDREN'S AND YOUNG
ADULTS BOOKS